LOCUS

LOCUS

LOCUS

LOCUS

mark

這個系列標記的是一些人、一些事件與活動。

mark 43 故事
作者：郝明義
責任編輯：陳郁馨
美術編輯：何萍萍／謝富智
法律顧問：全理法律事務所董安丹律師
出版者：大塊文化出版股份有限公司
台北市105南京東路四段25號11樓
www.locuspublishing.com
讀者服務專線：0800-006689
TEL：(02) 87123898　FAX：(02) 87123897
郵撥帳號：18955675
戶名：大塊文化出版股份有限公司

總經銷：大和書報圖書股份有限公司
地址：台北縣三重市大智路139號
TEL：(02) 29818089 (代表號)
FAX：(02) 29883028　29813049
製版：瑞豐實業股份有限公司
初版一刷：2004年3月

定價：新台幣 200元
Printed in Taiwan

故事

이 야 기

郝明義⊙著

獻給　父母、老師，與我的朋友

目錄

重逢

一九九八年，台北・漢城

첫번째 이야기

會想到寫這本書，起因於一個人。

□

一九八九年，有家雜誌來訪問我，談生命裡影響深刻的女性。

除了我的母親，我想著，心頭浮現了一個人影，於是大致講了這樣一段故事。

我在韓國釜山出生，讀小學、中學，然後來台灣讀大學。中學的時候，有個級任導師。名叫池復榮。池老師個子矮矮的，戴圓圓的眼鏡，神色和藹。她講一口流利的中文，但不是中國人。她父親是韓國抗日名將，因此她在中國東北成長，輾轉大江南北。

池老師除了是級任導師外，也教我們韓文。我和她眞正學到的，卻是另外兩件事。

我學的第一件事情，在一堂週會課上。每個星期二下午的最後一堂，是級任導師擔任的「週會」課。那天黃昏，夕陽從後面的窗口灑進來，把教室照得光亮耀目。我們在練習開會的議程。我提了一個案，進入表決的程序。由於沒有人舉手贊成，我覺得很尷尬，就嚷著說算了，我也不投了，撤消這個提案。

池老師站在教室最後一排。我沒看到她的人，但聽到她說話的聲音：「郝明義，你不能說就這樣算了。就算沒有一個人贊成你，你還是要爲你自己的提案投一票。這是你自己的提案。」

我面紅耳赤地舉手投了自己一票，全班唯一的一票。

到底提了什麼案，同學那麼不捧場，已經毫無記憶。但那一堂課，影響我深遠。不論日後求學，還是出來社會工作，每當我興起什麼別人認爲荒唐的念頭，或是沒法接受的構想時，總會有個聲音提醒我：「就算沒有一個人贊成你，你還是要爲你自己的提案投一票。這是你自己的提案。」

我學的第二件事情，在一次郊遊。

我們去一個沙灘。同學戲水，我就在岸邊負責看管大家的鞋子。閒來無事，惡作劇把鞋子藏進沙裡。

要回家的時候，大部份鞋子都找到。有一隻，卻就是找不出來。我無地自容，但毫無助於鞋子的出現。天色越來越暗，場面有點混亂，出現了一個人。個頭不小，酒氣醺醺，手上拎了個東西，就是那隻鞋。我們跟他要，他就不給，欺負我們孩子。

這個當兒，池老師過去了。她矮矮的個子還不到那人的肩膀。她很簡單地說了幾句話，要鞋子。醉漢嬉皮笑臉的，有點不三不四。這個時候，突然「啪」地一聲，她揚手給了那人結實的一記耳光。

聽多了不要惹韓國醉漢，我心懸在半空。晚風中，池老師站在那人面前，一動不動地看著他。接下來，那個醉漢把鞋子交給她，咕噥了一聲，走了。

太神奇了。一個個子那麼矮小的女人，可以堅定地給一個大漢那麼一巴掌。

那一巴掌，也像一粒種子，在我心裡慢慢地發芽。事實上，只有多年後，我才感受到其中的力量：當你義無反顧的時候，不論對方是何種龐然巨物，不論你多麼矮小，照樣可以迎面給他一巴掌。

是的，池老師教我的，就是這兩件事情。不多，不少。

□

我不記得在那次訪問之前，曾經整理過對池老師的感想。

會在那個時刻清楚地整理出這段故事、一些心得，事後想來，只是時間到了。

於是我才想起，高中畢業之後，我已經十五年沒有見過她。何況，除了那兩堂永難磨滅的課之外，還有一件事情我也不能忘記。

要來台灣讀書的時候，家境並不寬裕，因此有兩位老師曾經送我一些盤纏。池老師是其中之一。今天說來金額不大，當時的價值和意義非比尋常。

□

這樣，我開始試圖聯絡池老師。

我們從釜山華僑高中畢業不久之後，她也離開了僑中，離開了釜山，全家搬到漢城附近。

很幸運地，我和她又聯絡上，也寄了那篇接受訪問的文章給她。

更高興的是，不久她來台灣參加一個和抗戰有關的紀念活動。我和池老師久別重逢。那年她七十來歲，原來就矮的個子有點彎了。上了年紀，笑起來更和藹，但和藹中還是有那份堅定。

當時我已經是一家出版公司的總經理，有機會在台灣接待她，難掩欣然之情。

臨別的時候，我問池老師未來有什麼計劃。她提到東北。由於童年跟著母親在東北長大，她想趁著餘日無多，回去看看，因此正在安排一個去東北的計劃。

聽了她的東北計劃之後，暗喜終於等到了一個可以實際回報她的機會。當面我沒說什麼，等她回韓國之後，就匯了一筆錢給她，表示是我的一點心意，請她充作東北之行的一些旅費。

做了這件事情之後，隱約覺得心頭放下了一顆石頭。事實上，應該說是很天眞地以爲：當年受到的恩情，多少回報了一些，對得起自己的良心了。

可能也因爲如此，後來連她旅途如何、有何感想，也沒記得問她。池老師再沒有消息，我也沒再寫信。從某個角度而言，自以爲和池老師的關係，已經畫上了一個美好的句點。

□

接下來人生旅程波波折折，有得有失。

雖然也偶爾會想起她，但是等到再一回首，認眞地計算一下多久沒有和她聯絡，這才發現已經又是好長一段時間過去了。

這時，是一九九七年中，我的工作和家庭都有了很大的變化。在慚愧中，靦腆了一陣，我提筆又寫封信給她，解釋近幾年的情況。寫信的時候，我很擔心她會不會已經不在了。

我不知道的是：還有一個故事，這才要開始。

□

一九九八年一月一日，我到漢城。

當時韓國深受亞洲金融風暴之苦，匯率從一美元對八百韓幣一路貶值，最高貶到一美元對二千韓幣。陷入倒閉及重整危機的企業，不知凡幾，國家也因爲天文數字的外債而瀕臨破產。出了機場，冷洌的氣氛中瀰漫著一股刺骨的肅殺。

韓國前一年才剛加入以已開發國家爲會員的ＯＥＣＤ組織，轉眼如此不堪，令人大感意外。

見了幾位朋友。大家感嘆之外，抱怨更多。

有人批評韓國人急功近利的毛病。近十年來，韓國的經濟成長驚人，但是欠下的外債也更可怕。因此，週轉得過來的時候，他們就怒馬金衣，成了已開發國家的一員；週轉不過來的時候，他們也就垮了。

有人批評他們國民浪費成性。一件相當於三萬元台幣的女人內褲也能流行成風；破產在即，前一年的出國旅遊花費還創紀錄，等等等等。

我可以體會他們居住在那裡，眼看著翻天覆地的變化，自己卻茫然無從的無奈，因此大部份時間都在聆聽他們的發洩。

□

那次回去，當然不是爲了了解亞洲金融風暴的問題。一方面是有段時間沒有回釜山看看了，一方面就是想要見見池老師。我和她又是多年沒見，很是想念。因此在抵達漢城後，打了電話給她。

我約好第二天去安養見她。

□

安養是漢城的一個衛星城市。池老師住在安養一個叫坪村的地方。我沒去過，所以由一位朋友帶路。

漢城剛下過雪。路上氣氛蕭瑟。駐車場裡停滿了汽車，聽說是不景氣中節約能源，所以新年假日大家也都不開車出門。

池老師住在一個公寓社群裡的一棟矮樓。社群和公寓的環境十分整潔。她住三樓，沒有電梯，我們到的時候，她卻已經等在樓下。

幾年不見，她的氣色還好，但身影已近佝僂，頭髮更白，臉上也明顯多了一塊非常大的黑斑。很快我發現：她耳背得厲害。

坐進她暖暖的書房裡，陽光以冬日北國特有的色暈，從陽台迎接過來。關著窗戶，襯著廚房裡有人在準備午餐的聲音，屋裡有一種很特別的寂靜，讓我想起童年家裡只聽得見掛鐘滴答的那種寂靜。

漢城的嘈雜和慌亂，都隔在另一個世界。

朋友小心地環顧了四周，悄聲說了句話：「現在已經沒有這種韓國人了。」韓國人愛用外國貨出名，他注意到這個家裡還沒看到一樣外國品牌的用品。

太久沒有跟池老師講話，我掌握不住說話應有的音量。兩人不免東問西答了一陣。還好聽懂她幾年前去東北的計劃並沒能成行。就在啓程的前一天晚上，遭到大陸方面通知取消。

我們吃了一頓豐盛的韓國烤肉飯。池老師特地請她女兒回娘家來做的。過意不去，只能開懷大吃以報。

當晚我要趕回釜山，臨走的時候，她問我可不可以回程再來一趟。那天因爲是一月二日，銀行不開業，所以她有些要交給我的東西取不出來，很希望我能再回來一趟。

我聽了，心裡隱約想到什麼，推說不行，就走了。

□

回到台北，我進入一段忙得不可開交的時間。一連串時限卡在那兒的任務，壓得我喘不過氣。

那年春節，我帶著各種企劃案、業務規劃、書稿，準備了一些饅頭、滷菜，把自己反鎖在家裡，進入白刃戰。另外，順手接了一家報紙邀稿，開始寫一個專欄，當作戰鬥之間的調息。

聽著別人過年鞭炮劈哩啪啦，自己一個人守在清冷的屋子裡趕稿，那一個星期的生活，別有一番滋味。

□

過了二月，忙碌的工作告一段落。

春天，也逐漸到了。

□

之後，七月有一個同學會的活動。

那年，我們從釜山華僑中學畢業二十四年，散佈全球的一些同學，約好了在七月十九日回到釜山，在母校開一次同學會。大家希望邀請到池老師來參加。

我打電話問池老師她會不會去，她聽了時間，說是有一位朋友要從外國回來找她，因此無法確定。

同學討論後，決定先準備一份特別的紀念品送她，頂多等聚會結束後推派代表送到漢城就是了。

我的工作又進入忙碌期。七月的時候，硬是被公事耽擱了一天，沒法及時出發，錯過了同學會的首日大集合，只能參加第二天開始的遊樂活動。

還好，最後關頭池老師確認了她會出席。

□

那天是星期六。國際新聞已經報導韓國暴雨、洪水肆虐。上了飛機，看韓國報紙才知道漢城附近的水患還沒有解除，幾張濁水滾滾的照片看來觸目驚心。

轉機到釜山，已是夜晚。同學派了兩位代表來接我，開了一個小時車程才到聚會的地點。

這裡還好，沒有下雨。樹蔭下排了好長的舖板，大家已經吃過烤肉，正在聊天、笑鬧。

車門才開，還沒下車，幾位同學就迎了上來，七嘴八舌地：「快，快，池老師一直在等你。」「池老師來了就一直在找你，趕快去。」

□

池老師在一間屋子的炕上，已經換了起居的衣服，準備就寢。兩位同學在陪她聊天。這趟來釜山之行，有她的公子陪同，比我早到了幾個小時。我問她漢城附近不是還有洪水，路上交通沒問題嗎，她帶著一向的淡淡微笑，說是還可以。

我們問她多久沒有來釜山。她說從離開釜山華僑中學後，沒再來過。於是大家都說這次應該好好住幾天，多陪陪她。

池老師說：「謝謝你們的好意，可是我明天一大早就要回漢城了。」她講話一向慢慢的，下唇輕輕地顫動。「看到你們就好了。」她有個多年不見的朋友要從俄羅斯來，第二天必須趕回家裡。

「還有，我有個東西要送你。」她朝著我說，回身從皮包裡拿出一個紙包，推到了我面前。「回去之後再打開看。」

我很高興地接了過來：「謝謝老師。」但是，就在手一摸上紙包的瞬間，我直覺到裡面包的是什麼，於是推還回去：「不行，老師。我不能收。」

她看著我：「收著吧。」

我說：「這怎麼行。沒有道理啊。」

她說：「我沒去成東北，本來就要還給你的。今年年初你臨時來，那幾天放假，沒來得及準備給你。所以這次要趁著機會拿給你。收下吧。」

我沒和任何人講過這件事。所以同學都納悶得很，只能在一旁聽啞謎。

我們來來往往地折騰了好一陣子。

我不肯收的理由很簡單：匯那筆錢給池老師當作去東北的旅費後，本來覺得對她所欠的恩情，多多少少有了些回報，算是可以自我安慰。現在她再還給我，那我不是又要回到原點，欠她的不知何日何時才能回報得了？

最後，池老師說：「我今年已經八十。我的身體雖然還好，但畢竟是一半已經埋進土裡。在我準備要離開這個世界的時候，必須清理好一切，不要有牽掛，不要有拖欠。你這件事情，是我目前唯一記掛在心上的事。這件事不了結，我會進了泥土也不安的。請你收下。」

她和藹中的堅定，一如往常。我想起在飛機上看到的漢城水患，想到她撐著佝僂的身體，頂著風雨大老遠從漢城坐火車來到四百公里開外的釜山，不過停留一個晚上第二天就要離開，主要就是爲了來還我這個紙包。

我坐在那裡想了一陣。

「好吧。我收下了，謝謝老師。」

我朝她鞠了一躬。

□

第二天清晨。大多數同學歷經一夜歡談還睡得東倒西歪，池老師已經打扮得整整齊齊，和她的公子準備離開了。我跟她說非常喜歡她的衣著，很樸素，但十分雅緻。她笑笑：「老人如果不能把自己收拾得整潔，就一點價值也沒有了。」

臨走的時候，她留下一個信封，給我們同學會當會費花用。

□

同學會結束後，我打開紙包。是五百萬韓幣。相當於十二萬元台幣。

我早不記得當初到底匯了多少錢給她，拿著這筆錢，眞不知道該怎麼處理。收下這筆錢，是爲了讓池老師心安，但我自己實在不安。

不安還在其次，我內心其實有兩個震撼。

第一個震撼，是池老師千里相見，又給我上了一課。我不自禁地暗問自己是不是頭腦壞掉，有這樣一位老師，卻爲什麼會這麼疏於親近？爲什麼會以少爲多，只不過跟她學了兩課，就沾沾自喜，二十幾年來，才不過和她聯絡兩三次？我把池老師說得影響如此這般，然而除了她父親是韓國獨立的名將之外，除了她在中國長大之外，我對她到底了解什麼？

第二個震撼，來自心底隱隱覺得，自己雖然在韓國居住了十八年的時間，自以爲對韓國文化有相當的了解，事實不然。我必須從頭另外思考韓國文化，仔細琢磨在那些對外國產品狂熱著迷的韓國人，和那個家裡看不到一樣外國產品的池老師之間，到底有著什麼差距。

我赤裸地覺察到自己長久以來的無知與淺薄。

人，怎麼可能在如此貧乏之下，還可以多年洋洋自得？

□

那年夏天之後，我開始想要多知道一些池老師的故事。我盡量多找些時間回韓國去看她，也回我童年生長的釜山看看。

本來，以我今天還不到五十歲的人來說，遠不是回顧過去的時候。只是和池老師重逢之後，在逐漸有機會回顧她的過去的同時，我也試著打開了自己塵封的記憶，在整理一個老師的故事的同時，不可避免地也回顧了一個學生的故事。

於是，發現在人生那麼多以為必然的成長過程中，其實埋伏了那麼多偶然。

因此記下了這些故事。

給郝明義：

接到你八月十一日的信，不免有許多感觸。使我想起中一時唸的五柳先生傳。……「環堵蕭然不蔽風日，短褐穿結，簞瓢屢空，晏如也……」我一生最崇敬的人，正是五柳先生陶潛。很想自己也能夠達到他那「不戚戚於貧賤，不汲汲於富貴」的境界。奈我卻生在一個動盪的時代，生為一個國亡家破之中的女孩，一生的命運直是流浪奔波。更無奈一份血氣和義務感，使自己沒有寧靜閒暇的日子。僅以「盡人事，待天命」的態度臨事。成成敗敗，從無計較後悔。

成立一個針對來台灣留學的韓國學生的獎學金。這是池老師的回覆。

接信以後不能立即回信的原故是因為我感到羞愧。羞愧我那裡值得以「池復榮」的名義設立獎學金？羞愧我不能助一臂之力讚許你立獎學金的美意。

待到你日後年邁且有餘力時，可以慢慢設立一個「明義獎學金」來培養有為的承先繼後的人材吧！孟子亦曾說過「君子有三樂」其中第三樂是「得天下之英才而教育之」。獎學金，雖然不是孟子所說的直接教育而屬間接，卻對那有志、而力不從心的學子，確實助益不小，仍屬樂事無疑。耐心等待後日吧！

祝你

安康！

池復榮 於 坪村

一九九八、八、廿五日

我曾經想以池老師還我的錢，加上另外再拿出一些錢，以池老師名義，

塵縵中的光影

一九六〇年代，韓國

두번째 이야기

釜山

地圖的疆域，總讓人有許多形狀的聯想。朝鮮半島，很像一隻兔子的左側影。

左側影的東南端，有一個叫作釜山的港口。如果漢城好比台北的話，兼具商港和軍港功能的釜山，就像是高雄了。

韓國地形多山，釜山更是丘陵起伏。因此，這個城市倒很好描述：一個港口；一條沿著海岸線蜿蜒的大馬路所形成的交通要道；一片倚山臨海，高高低低綿延在山坡上的房子。

港口有個火車站。車站對面那片地區，叫作草梁洞。「洞」的概念，離「街」和「路」遠一些，更接近日本的「町」。這麼說來，在這個丘陵城市裡，草梁洞眞是名實相稱的一個地名。

火車站對面，越過交通動脈的大馬路，進去一點點，左右又分出兩段窄窄的街道，或者，根本就應該說是巷子。的確，這兩條窄得開進一輛車都嫌擠的街道，韓國人都以「胡同」稱之，只不過，兩者內容都大不相同。

右邊這一條，是每個傍著海洋的城市都會有的，讓水手上岸玩耍的酒吧街。白天，街上只有零零星星的幾家雜貨店開著，門口坐著懶洋洋聊天的歐巴桑，或媽媽桑。黃昏之後，「Red Rose」、「Beauty」、「Miami」等等霓虹燈就紛紛亮起，性感嬌艷的吧女，買醉的美國海軍和水手，就吆喝著，晃蕩著，把街道熱鬧了起來。在一九六〇、七〇年代，這條「德克薩斯胡同」在韓國洋溢著各種意義。

和「德克薩斯胡同」相對，左邊這一條，是另一種氣氛。大約從清朝的

前街

前街，總長不過兩百來公尺，主要熱鬧的那一段，更不過其中一半。這是一條具體而微的「唐人街」，街的兩旁，儘是家家相連的中國字招牌。有釜港、元香齋、三生園、天津包子這些以豆漿油條、炸醬麵、北京料理爲號召的大大小小餐館；有以中國、中韓爲名的漢醫院；有德聚和、乾一行這些南北雜貨舖；也有東方、鴻仁、文盛這些兼賣一些中文書的文具店。

不要說釜山市的華僑，總要爲日常的點點滴滴來前街蹓躂蹓躂，就是這個都市以外，散居在韓國南部其他地區的華僑，也得不時來做做生活上的各種補充，有那麼一點「趕集」的味道。這樣，前街雖然窄，人來人往，加上有時候再開進來一輛猛按喇叭的小貨車，氣氛就挺熱鬧了。

只是多年後再回去，發現窄窄的街道固然容易顯得熙來攘往，但是行人一少，也特別顯得冷清，尤其，如果在一個灰濛濛的冬日裡。

後街

前街往上，爬一個大約四十度的陡坡，有另一條寬窄相當的街，叫後街。我家，就住在後街上。

我的父母，是一九四九年後離開山東到韓國的。韓戰爆發後，他們從漢城輾轉來到釜山定居。

我父親經商，在香港、日本之間做些貿易，原先很成功，後來在釜山市中心興建一所觀光飯店失敗，一蹶不振。幸運的是，他留下了一個帶著小院子，分內外兩進的房子。除了外面的房子出租，多少貼補了拮据的家用之外，那個雖然小，卻區分出內外的院子，也給我的童年和少年時代，帶來許多層次的回憶。

多年來，我經常回釜山，不過很少去後街我家以前所在的地方，因爲太多記憶轟轟然而來。去年夏天，倒是走了一趟。原來我們家的地方，改建成一座三層樓房。但是家對面那支電線桿，還有旁邊原來是理髮店的老房子還在。我沒敢逗留，甚至沒敢放慢一步地走過。

我是記得的。春天的時候，我是怎樣趴在家裡玄關的地板上，越過小小的院子，再望過門外那支電線桿和那棟房子，看著遠山，和遠山斜斜區隔出來的藍天，天上偶爾浮過的白雲。

環生

我一歲，剛會走路不久，先是發了場高燒不退，然後雙腿就站不起來了。我患上了小兒痲痺。

於是，在我還沒上小學之前的童年，沒有同齡的玩伴，更鮮少在外玩耍的回憶。不過，我有一個給我講故事的人，專屬的。這是別人所沒有的。

他大我五歲。雖然說他家住在前街，距離不遠，但畢竟不是隔鄰；雖然說他姑姑是我母親的乾女兒，雙方家裡有些關係，但是他自己就有四個弟弟妹妹要照顧，因此，當年他在小學二、三年級的時候，爲什麼總在放學後來我家陪我玩耍，成爲我人生中第一個朋友，到今天還是不能理解。

他的名字叫環生。

童年，如果說母親給我架了一個最密實的保護網，那麼環生就給我在這個保護網上開了個最美妙的窗戶。環生家，就是前街的德聚和。德聚和是個據說從清朝時候就存在，中國建築風格盎然的院落。靠街的兩層樓房子，對外做生意：樓下是南北雜貨的批發兼零售門面，人來人往，三教九流；樓上則是當時釜山最大的華僑賭場，燈影昏暗，龍蛇混雜。環生跟在大人堆裡聽了一肚子故事，看了種種光景，到我家來，也就不愁沒有故事可說，把我唬得一愣一愣。

當然，他講了些什麼故事，我都不記得了——除了兩個。

一個是飛刀王的故事。飛刀王是中國人餐館裡一名姓王的大師傅。他的刀法好快，快到可以在自己的大腿上剁肉而傷不到自己。

還有一個鎗手的故事。「兩個神鎗手，一個是全世界拔鎗最快的，可是瞄準的時候會比另一個人慢一秒；一個是全世界瞄準最快的，但是拔鎗速度比另一個人慢一秒。你說，這兩個人碰上了要決鬥，誰會贏？」這是多年後我還樂於複述給別人的謎題。

不過環生最讓我忘不了的，是另一件事。

那時，我家對門不遠，另有一家中國人。兄弟很多，大哥也很會講故事。有一天媽媽帶我去他們家玩，聽他家大哥講了個武俠故事。聽完了，他們問我好不好聽，我說：「好聽，可是沒有環生講的好。」

那是夏天。第二天下午很熱，陽光亮得晃眼。我坐在家門口玩，老遠看到環生來了。他到我家門口的時候，對門幾位兄弟浩浩蕩蕩地過來，把他堵住。老大問他：「聽說你講的武俠故事比我講的還好啊。」

我抬頭望著環生。

環生卻只是溫和地回了一句：「沒有，沒有，你講的比較好。」

對方兄弟得意地回去之後，他半是責備地講了我一句：「我來講故事給你聽還不夠啊，去聽他們的。」然後高興地告訴我：「來，今天我學了一條歌，我教你。」

那天，我就一句一句地跟著他學會了一首到今天還會唱的歌：「我愛台灣同胞啊，唱個台灣調……」那首歌叫《台灣小調》。

我進小學那一年，他六年級。大約從他進了中學之後，他來我家的次數逐漸減少了。我雖然還是整天盼著他來給我講故事，但是隨著他開始打籃球，進了校隊，我能見到他的機會就更少了。

後來，我只好自己想辦法找故事。聽多了環生的故事，《兒童樂園》那樣的書早已不能滿足我的需求，所以在小學二年級的時候，我拗著媽媽去幫我租了生平第一套武俠小說。

等到環生又有一天來看我的時候，我告訴他這件事，他就高興地摸摸我的頭，說：「有出息！」

我開始自己尋找故事。而這些，都和環生有關。

小學

從後街走下那個陡坡，還不到前街的中段，打橫還有一條小路。路邊，就是小學。正式名稱，是釜山華僑小學。

我差一點沒能上學。起初，因爲小兒痲痺的關係，校方顧慮到諸多不便，一度沒准我入學。父母親跟學校拿了教科書，先是想在家裡教我自修，試了幾個月之後，還是回去央求校長。因此，我是從小學一年級下學期開始，才特准入學的。

對於小學的記憶，黑的、灰的畫面居多。校舍的顏色，就是暗暗的。木板牆上，很多地方沾著一些黑黑黏黏的瀝青。我們教室後面有個小夾道，小夾道盡頭據說有一間停放著棺材的屋子，這就讓回憶中許多色彩更加陰沉了些。

一年級下學期第一次月考，我考了第十六名，在三十來人的班上，是中段。然後，到五年級之前，我的成績大致就在中段徘徊。爸爸、媽媽很關心我的功課，每次考試帶考卷回家，老是發現一些明明我漏看，或是看錯題意的題目。因此他們總是會叮嚀我，答完考卷一定要從頭檢查一遍，等等。

我一次次答應他們，不過，積習難改。

二年級有一次月考更不能忘。那天爸爸來了學校，站在坐最後一排的我背後的窗外。我發現父親就站在背後，突然發現這是一個證明自己知錯能改的大好機會。

考卷上有個填空題：「當你在讀書寫字的時候，燈光應該從——方照過來。」這一題我清楚記得書上寫著是「左」方。爲了在父親眼皮底下證明我也會檢查自己的考卷，我故意先塡上「右」方，然後準備在交卷之前作檢查的時候「突然發現」自己答錯，再改正回來。

當然，我考卷全部答好之後，就快樂地立即交卷，忘了檢查，也忘了要「突然發現」應該把「右」方改回「左」方。

所以，我小時候成績單上，老師的評語經常少不了「粗心大意」。

侯老師

小學三年級的時候，我遇上了一位老師。

侯長蘭。

她是我們三年級導師，個子很高，是位美女。那一年，別的事情都不記得了，但不會忘記的，是上、下學期的一整年中，侯老師給了我一份很特別的作業——她要求我每天要寫一篇作文或日記交給她。

全班，她只給了我一個學生這份特別的作業。每天交一篇作文，對一個小三的學生，眞成了頭痛問題。很快就擠不出東西，但隨便寫兩句「今日無事」當然也過不了關。

幸運的是，我發現了一個解決之道。

我在家裡找到一本父親的書。書紙黃黃的，字都是橫排的。書裡按各種主題，整理摘錄了許多文章。從一年春夏秋冬四季的變化到人生悲歡離合，從抒情到論述，從人物描寫到山水花草，各式各類的文章都有。每篇文章後面括弧裡署一個人名。於是我就每天找一個主題，偷偷更動一些地方，「臨摹」起來。

那眞是一本秘笈。如此這般，靠著秘笈，我熬過了這一年的功課。記得三年級要結束的時候，侯老師獎勵我，送了我一本《十萬個爲什麼》。另外一個成績很好的同學不相信我能拿到這個獎勵，跑去問她爲什麼。侯老師說：「他寫了一年日記，又寫得很好。」

多年後，經常被人問起，影響我一生最大的一本書是什麼。

我一直覺得沒法回答這種問題，總覺得每本書都有不同的作用與影響，難以說個「最」字。但是在整理這些故事的時候，回頭思索，想到三年級這一段，突然想到的確還是有的。

我抄寫了一年的那本書，是影響我一生最大的一本書。

我偷偷臨摹的那本秘笈的書名現在不記得了，但是隨著年歲長大，後來逐漸知道那些括弧裡所署的人名代表了什麼：魯迅、冰心、林語堂、周樹人、胡適……

那本書後面，印了一個的標誌，後來，我也知道那代表一家叫作「商務印書館」的出版公司。只是，對那個釜山華僑小學三年級的孩子來說，他是不會想到自己將來有一天和那家公司和那個標誌，還會有另一段故事。

今天我還可以寫些文字，不論從哪方面都要謝謝侯老師那一整年的要求。

武俠小說

學校之外，還有幾個地方是印象深刻的。

那些地方，門面小小，空間不大，現在想起來，應該是五坪到十坪不等。透過窗子拉進去的一道道陽光，讓你可以清楚地看到一些塵縵漂浮在眼前。這樣，再加上架子上一本本頁面或者被翻得沾上污漬，或者時間久了泛黃的書籍，那就是我記憶中的租書店。

在釜山華僑的社會裡，書店本來就很少，書店裡可以買的中文書，更少。多年不變地主要陳列著《西遊記》、《紅樓夢》、《三國演義》、《唐詩三百首》這些古典名著。因此，租書店裡供應的武俠小說、愛情故事，書種不停更新，很受大家歡迎。我因爲二年級就受環生的影響而租過一套武俠小說，所以很早就有了媽媽帶我鑽進這些租書店的記憶。

於是，臥龍生、諸葛青雲、古龍、墨餘生、司馬翎等人的名字，以及《素手劫》、《奪魂旗》、《情人箭》、《瓊海騰蛟》、《掛劍懸情記》等等故事，就逐漸成了我生活的一部份。聽說哪家租書店即將有什麼書要到，或者聽說什麼人的哥哥姊姊從台灣帶了什麼武俠小說回來，也成了童年生活裡最興奮，最期待的事情。

多年後，二〇〇一年，我參加倫敦書展，到唐人街走進了一家華文書店。那天是下午，夕陽從街轉角照進來。浮動在空中的塵縵，架子上一些書背泛黃的書，漆著深色油漆卻有許多剝落的木頭櫃台，突然讓我一下子回到三十多年前，釜山的光影、氣味與觸覺裡。

我在那裡站了好久好久。

劉校長

五年級的時候，在功課上不知怎麼，突然開竅了。第一次月考莫名其妙地拿了個第一名之後，從此學業成績就進入前三名之列。

但五年級還有一件更重要的事。

特准我入學的小學校長，名叫劉忱之。有一天，他因爲我們「說話」課的老師請假，所以代了一堂課。

說話課就是講故事。別人站在教室前方講，我因爲站著不方便，所以總是坐在位子上講。我既然雜七雜八的書都看，又有那麼多武俠小說打底，同學都愛聽我講故事。那天，我也準備了一個自認爲很精彩的。

劉校長看我坐著準備開始講了，冷冷地說：「上去講。講故事就要上去講。」

上去講？站到大家前面講？這簡直是五雷轟頂。結果，我生平第一次拄著拐杖，站到教室前面，站到眾人面前講話。

第一次面對台下這麼多同學，以及他們眼神中所透露的新鮮與好奇，我面紅耳赤，聲音也不太受控制，結結巴巴地開始。坐在位子上講故事的自在完全不見了，只想把故事趕快講完，但，卻越講越長。講著講著，中午的下課鈴響，吃午飯的時間到了。我停下來看坐在後面的校長，同學也都回過頭看他。校長簡短地說了一句：「繼續。」

我只得繼續講。

隔壁班的學生在教室外喧嘩而過，看我們還沒下課也圍過來。很快地，玻璃窗外擠滿了密密麻麻的人頭。

我的故事卻該死地就是怎麼也講不完了。在這麼多眼睛的注視下，眼淚不由自主地流下。校長還是面無表情地看著我。我繼續講，眼淚繼續流，然後哭了起來。可是校長還是沒有要下課的意思。

我全身顫抖不已，一把鼻涕一把淚地繼續，故事，終於在哽咽中結束。下課了。

那堂說話課之後，我再沒有站到台前講話的心理障礙。

劉校長沒教過我們實際的功課，所以除了他代的那一堂說話課之外，我跟他再沒有任何接觸。他爲什麼會在那僅有的一堂課上給我那麼狠心的訓練，我只能永遠好奇了。

中學

從小學出來，左轉直走，現在看來不過六、七十公尺，當時卻覺得在相當一段距離之外，另外有一個操場大了好多倍，樓房也高了許多的學校。

釜山華僑中學，我們簡稱僑中，就位在前街頭上。

一九六八年，我從小學畢業，踏進了這所中學，也跨入了另一個和過去截然不同的階段。

那年僑中的入學考試是件盛事。

除了釜山當地的學生之外，外地來報考的特別多。錄取的學生，人數太多，共分了忠孝仁愛四班。公佈考試成績的時候，印象裡簡直像是古代所謂的狀元放榜。我考了第五名，分在初一忠班。各種因緣的聚合，我們那一屆同學在師資上有些獨厚的待遇，成了一個明星學級。

那一年的秋天，媽媽帶我慢慢走進了我從沒進去過的釜山華僑中學校園。高高的大樓，寬闊又人聲喧雜的操場。在教室外面，兩階台階之上，她把我交給了我們的級任導師。一位個子矮矮的，頭髮短短的，戴著很大的眼鏡，笑容很和藹的女老師。

池復榮老師，我初一和初二的級任導師。

同學經常帶我一起參加各種遠足、旅行，划船載我到遙遠的小島，
從沒有人覺得有什麼危險。這是初中時候的一張照片。

森林中的小女孩

一九二〇年代，中國東北

세번째 이야기

池青天

池復榮的父親，名叫池青天，是韓國獨立運動史上很重要的一位人物。早年，他留學日本的軍校。一九一〇年，日本出兵，朝鮮亡國。他回到故國之後，迫於情勢，先當了一陣日本軍官掩護抗日。韓國民族性本來就驃悍，加上日本在韓國的殖民政策日趨高壓，甚至禁止韓國人在學校使用韓語授課。一九一九年三月一日，韓國人在全國各地展開了大規模的反抗活動，是爲「三一運動」。在日本的鎮壓下，三一運動雖然以數千人犧牲性命而告終，但是民氣激盪，反而形成了更長遠也更有組織的抗日活動。後來韓國人在上海成立的臨時政府，即起因於此。由於這一天的影響深遠，所以韓國人稱之爲「三一節」，以相當於建國紀念日的規格慶祝。

池青天也就在一九一九年三一事件之後，決定出亡中國東北，展開正式的抗日。他先是訓練韓國在東北的抗日力量，與日本週旋，後來則組織了「大韓獨立軍團」，任旅長。這樣，池青天化名「李青天」，成爲韓國的抗日名將。而韓國獨立運動史上，東北的抗日力量，與上海臨時政府一直是兩大主流。

一九二三年，池青天輾轉到蘇聯，因黑河事變而被捕下獄，判了死刑。後來列寧在別人的進言下釋放了他。

綠森林

池復榮，就出生在一九一九年。在她父親亡命東北三天後出生。

一方面由於池青天在東北從事武裝抗日，居無定所，另一方面，池復榮母親帶著子女在日軍監視下，不斷遷居，雙方就斷了聯繫。期間，她父親雖然也派人回韓國去捎過信，但是由於信使聯絡不上，回去誤傳家人已經罹難，於是另娶了一房。

一九二四年，她們終於和父親聯絡上了。經過重重波折後，池復榮和母親，以及姊姊和哥哥一起離開韓國，先去奉天，也就是今天的瀋陽，再到吉林。

她們住進一座森林之中。

森林裡，只有她們一戶人家。夏天，觸目所及之處，除了綠，還是綠，別無所見。只有在冬天，林葉落盡，偶爾可以看到遠處人家的炊煙。池復榮的個性原本應該屬於外向，但是在東北第一年，在這樣的環境中，就內向起來。

東北，以及這個森林，是她性格養成的地方。她在家裡最小，沒有朋友，唯一陪伴她的，就是草木。看了許多植物、草葉之後，發現沒有任何一株草，一片葉子是相同的，後來，看到各式人等，她也就不再驚奇。

第二年起，她們才有鄰居。

池復榮六歲的時候，上學，演話劇。劇中家庭的父親抗日出外，家中大兒子十三歲，小兒子十歲，她演七歲的小女兒。有一幕是：因爲兩個哥哥常常受同學奚落沒有父親，所以大哥哥硬要外出尋父，家人阻攔，她這個小妹妹也拚命哭喊挽留。結果太過投入而忘情，無法接續下一幕。但也因此，有了心眼，體會到人生悲歡離合的無奈。

從那以後吧，她就多了個外號叫愛哭鬼。她也眞的愛哭，哭一陣，停一陣。後來，隨著年紀漸大，還多了些外號：律師、啞巴、「那個孩子眞是」、詩人。啞巴的外號，是因爲她不喜歡和別的女孩子一起吱吱喳喳。「那個孩子眞是」則是因爲她母親從不罵人，所以她也不會罵人，就算被別人氣急了，最多也只會講一句「那個孩子眞是」就無以爲繼。因而得了這麼一個稱呼。

沖沙鎮

後來，她們從森林搬到了沖沙鎮。沖河鎮以前算吉林省，現在是黑龍江省。

她講起東北的時候，每次都會提到沖沙鎮；提到沖沙鎮的時候，每次都會說那裡的故事可以寫一部長篇小說。

我問她是什麼故事。

她總是微笑不答。

有一次她多談了一些，告訴我韓國人在那裡怎麼教當地中國人圍水壩，種稻子的一段。

她比劃著石頭怎麼鋪墊，水流怎麼疏導，唇邊浮著淡然卻又盎然的笑意——那些事情就發生在昨天，而不是七十多年之前。

她在沖沙鎮的故事，到底有哪些曲折與快樂，我不知道。但我可以看到在一個春天的早上，一個小女孩在微風中雀躍的模樣。

雪地和小狗

池復榮也有冬天的回憶。

東北下起大雪，嚴重的時候，幾步之外就迷濛不可見。

有一天，她自己上學。學校有五、六里路。在雪地裡走著走著，踩進一個雪坑，掉了一隻鞋子。想撈也撈不著。再走幾步，又踩進一個雪坑，另一隻鞋子連襪子也不見了。她看看路，走到了一半，心想回家和上學都是同樣的距離，就光著腳一直走下去。

幸好一個中國獵人老遠看到這個踽踽獨行的小蹦豆。他脫下熊皮大衣，把小蹦豆包起來，揹回家。他給她煮了開水喝，又拿出好多冰冰的玉蜀黍，讓她把腳放在玉蜀黍堆裡，這樣才把寒氣去掉，腳沒有凍壞。暖和過來之後，獵人問她要回家還是上學。她說上學，獵人就先把她揹去上學後，再去通知她家。

東北的土地肥沃，田裡長的東西也多。收成的時候，她們小孩子走到那裡，吃到那裡，主人撞見了，不但不會罵她們，還會摘一把這個那個讓她們帶回家。

池復榮回憶到這一段，慢慢地說了一句：「那時候的人心，眞是厚。」中國小孩和韓國小孩，也會打架。中國孩子罵她們是「高麗棒子」，她們也會頂回去。沒多久，彼此混熟，又玩在一堆了。

還有一件事是她忘不了的。

池老師的媽媽讓她養了一隻狗。她總是喜歡和狗睡在一起。但是哥哥不樂意牠留在屋裡，有天晚上硬把牠趕在外面。第二天早上，等她看到狗的時候，小狗已經凍僵，直挺挺地像一根冰棒。她一直哭，說她哥哥把小狗害死了。她媽媽看她哭得不像話，就要她把小狗抱在懷裡，看看能不能把牠暖和過來。她母親本來是安慰她，哄一哄她，但是她抱了一陣之後，小狗眞的活過來了。所以她母親說是她的眼淚感動了上天，把小狗又還給她了。

後來，她們不得不離開那個地方。她求母親讓她帶小狗一起走，但是因爲戰亂，她們自己也是在躲避日軍，只得留下小狗。

她們的車子一路開，小狗一路跟著追。追到最後，還是消失在視線之外。

北平

十五歲的時候，池復榮到了北平，要考小學。讀了六個月中國書，沒考中，她大哭一場。

她母親找了位流浪北平的朝鮮王孫。他說簡單，就帶她們去了個教會，找了個學校的人，介紹她是革命家庭之後等等。那人答應她們帶錢去就可以安排入學。可是池復榮覺得這樣讀了書的話，是終身恥辱，於是轉而投考馮玉祥辦的一個私校。當時，馮玉祥辦了七十二所學校。

考試要考國文、數學、自然等等。應考的那天下大雨，淋得她全身濕透。國文是作文，題目是「我爲什麼要求學」。池復榮還記得她是這樣寫的：「人是萬物之靈，如果人不讀書，什麼都不能了解，只能說是有人的形態，而不能算是一個眞正的人……」

放榜的時候，家人不敢讓她去看。姊姊去的。她去的時候走路，回來的時候叫了洋車，大叫：「考中了！」中了第十二名。

池復榮很喜歡北平。說那是個好地方。深深地蘊含著什麼，又不會滿出來。

龔老師

由於戰爭，池復榮的求學之路很崎嶇。

十五歲才讀小學，小學沒讀完，直接到南京去讀初一，後來轉去重慶繼續讀。

重慶的中學沒讀完，又去成都的川大讀文科，但是也沒讀完就去從軍。

在重慶的時候，她遇上了一個沒法忘記的老師，龔老師。

龔老師是湖南人，貌不驚人，穿的褲子時常捲起褲腳，同學給他取了個外號叫「黃包車夫」。

龔老師不但讓她領會了中國文字與文化之美，教書的方法也別樹一幟。在學生面前，他永遠不會誇獎，不假辭色，但是在學生背後，他的關懷和愛護，其他老師遠不能及。她們當學生的時候體會不到這些，等到離開學校後，大家聊起來，互相印證，才發現他是多麼令人敬重和懷念。

龔老師十分盡責，夜裡也會出來巡邏，看顧學生的安全，結果有一天夜裡被值更的學生誤以爲是外面闖進來的人，開槍錯殺。

他是池復榮不能忘記的老師。

光復軍

在重慶的時候還有一件事。

有一天日軍大轟炸之後，她走在路上，看到一個少婦躺在血泊裡。她已經被炸得肚破腸流，但是身邊一個嬰兒卻沒有死。嬰兒在血泊裡一直叫媽媽，要爬上媽媽破碎的屍體。池復榮深受這一幕的驚駭，一面痛恨戰爭，另一面卻也產生了要加入這場戰爭的動力。

重慶之後，她去成都的川大。川大沒讀完，一九四〇年九月七日光復軍（韓國在中國的抗日軍隊）成立時，就從軍。從軍的時候，內心有點瞧不起還等著拿文憑的那些人，很多人中文寫作還不行，甚至不會講。

從軍，她走過了中國許多地方。過秦嶺的那次，領略到什麼是滿天星斗，也體會到爲什麼要形容是杜鵑啼血。

阜陽

然後，她去了安徽阜陽，做政訓工作。阜陽在淪陷區的最前線，日本軍機一起飛，她們就可以看到。

韓國人最愛吃米飯，阜陽卻只有小米、雜糧。

一九四二年，淮水倒灌。站上阜陽城頭，四周汪洋一片。水來得快，去得也快。水去之後，屍橫遍野；活著的人，則成了乞丐。大家都沒得吃。光復軍一天三頓減為兩頓，兩頓又再減為一頓，一頓也只是男人發三個饅頭，女人兩個。

聽著門外的哀號，池復榮吃不下自己的饅頭，就拿一個出去。看外面排了一長隊，只得找其中最瘦弱的幾個小孩分給他們。可是回來以後，聽著外面不停的「老太爺」、「老奶奶」喊聲，手裡另一個饅頭還是吃不下。別人跟她說：「妳有使命在身，不能不吃。」可她還是吃不下。

結果，她生了場大病。去看醫生，那裡的病人太多了，有爛瘡的，有紅眼的，有肚子腫得大大的……

她看到醫生在哭。她好奇地問醫生哭什麼。醫生說他立志行醫，拯救病苦眾生，但是現在要救的人這麼多，他卻完全無能為力，連最基本的阿斯匹靈也沒有。

「醫生為病人而哭，我一生只見過這樣一位。」池復榮說。

池復榮雖然沒有宗教信仰，但從此之後她會在飯前禱告：一，感謝神。

做人和文章

在那麼嚴重的饑荒中，池復榮卻養活了一條狗。她在街上看到那條小狗的時候，原來全身疥癬，一瘸一拐的。她想起東北沒能同行的小狗，就抱了回去。她拿別人抽過的菸蒂泡水，給牠清洗，再耐心餵養，後來長成一隻大狗。每當她們出去渡河回來，船到河的一半，狗就在岸上親熱地狂吠。

一天下午她談到這一段的時候，接著說道：「當時很多人說投靠日本的人是走狗，其實，他們怎麼能和狗相比呢？」

在阜陽的時候，有天她投了篇稿子給當地唯一的報紙。沒多久，在文藝版上就看到了自己這篇題爲《憎惡》的文章。文章的開頭是：「在許多流浪的日子裡，我學會了憎惡」；結尾是：「拿利刃砍向敵人」。文章是她寫的，卻看得她一身冷汗，也從此覺得：做人第一，文章次之。

回國

戰爭結束次年，一九四六年，池復榮回到韓國。回國之前，在上海走馬看花了一番。回國後，別人推薦池復榮去一所大學當女教官，她覺得人才很多，不必非自己不可，所以想去鄉下做圖書館的工作，哪怕是兩百本書的圖書館也好。但是忙了兩年左右，連房子也沒找好。總是有人說是要幫忙，也總是食言。後來，就去漢城大學圖書館工作。

池老師講自己這段過程，一如平常的淡然。我則又過了好長一段時間，才別有領會。

資深記者陸鏗先生在抗戰結束後，代表南京《中央日報》參加一個記者團，應麥克阿瑟將軍之邀去日本訪問，回程去了韓國。後來，在他的回憶錄中，陸鏗摘記了一段美軍駐韓霍奇將軍向記者團的簡報：

「在日本佔領韓國期間，所有行政上的職務，甚至於生產上的技術工作，都完全由日本人擔任，韓國人頂多參加一點不用思想的勞力而已。日本人戰敗撤走後，在韓國要找人把郵電局接收過來都很困難，更不要說接收行政機關了。在韓國有理想、有主張的政治家，固然是鳳毛麟角，就是在行政技術上比較有學識、有經驗的人，也不可多得。所以，一旦國家重新掌握到自己手裡，都有一點茫然不知所措。」

我讀著當時韓國的景況，想到在那個百廢待舉，需才孔急的時候，池老師以她的經歷，她父親是獨立元勳的背景，卻一心只想去鄉下做圖書館的工作，其中的淡泊，大可感受。

韓戰

然後，韓戰爆發。

二次大戰末期，原先被日本統治的韓國，在中國的支持下，於開羅宣言中獲得戰後得以獨立的地位。但是戰爭結束，北邊成立了蘇聯所支持的政權，南邊則在美國的主導下成立了民選政府。兩邊以北緯三十八度線爲界分割，是爲南北韓。

朝鮮半島的雨季是在六、七月之交。一九五〇年六月二十五日夜裡，北韓突然發動戰爭，揮軍南下之際，漢城正是大雨滂沱。

當時南北韓軍力相差懸殊，南韓不過是比警察部隊再強一點的裝備，而北韓卻是多年整軍經武的結果。一經接戰，南韓潰不成軍。第二天一早，池復榮和母親、祖母以及家裡衛兵一起，擠在漢城眾多百姓中湧向漢江，準備渡江南逃。

當時漢江只有一座大橋，而這座大橋已經在夜裡被北韓的特工給炸掉。漢城的出口被斷，形成北韓甕中捉鱉之勢。

傾盆大雨中，擠在江邊的群眾有的號啕大哭，更多的在絕望中把隨身所帶的一些行李憤而丟入江中。江面上因而漂浮著許許多多展開的包袱、衣裳。池復榮家幸運的是，衛兵發現了一艘從上游漂來的空著的小船。這艘小船把她們一家人次第接送到了對岸，繼續南行。

池復榮記得擠在難民潮中，自己乾脆光腳拎著鞋子走路的模樣，也記得難民擠在火車上行至一處叫秋風嶺的地方，因爲遇上陡坡，火車載人太多而前進不得，大家下車吆喝著，一起把火車推上坡去的光景。

結婚

韓戰結束後，她結婚了。

年輕的時候，她從來沒有像很多女孩子那樣說不要結婚什麼的，因爲她對愛情和婚姻實在一無所知。

「少女時期，很多人追求，但是就一個女人而言，還沒有人讓我感覺到男人的魅力。後來，也開始期待出現一個可以匹配自己的男人。」池復榮這麼回憶自己的心境，「後來看到一個女人在四十五歲的時候結婚，結果被別人七嘴八舌說得很難聽。這個人說都這麼把年紀了，怎麼不守到老，那個人說如何如何。我想想，不必等到那麼老了，那麼難看了才結婚吧。」

所以她就不以名位、學歷、財富爲標準，只要那個人心地善良就好。這樣她結婚了。她先生一直讓她很自由。她對她先生也是。

華僑中學

之後，她沒什麼特別的工作，斷續地做過一些翻譯的事情。

一九六二年，有人問她有沒有興趣到釜山看看，那裡有一所華僑中學，缺一位教韓文的老師。

她想她和中國有這麼特別的因緣，自己也受中國老師這麼多的教導，如果有機會教中國學生，也很有意義。因此一方面爲了解決自己的生活問題，一方面基於一點報恩的心理，所以就答應了。

於是，池復榮到釜山華僑中學教書，當起老師。我們進初中那一年是一九六八年，當時，她已經在那裡教了六個年頭。

左頁三張照片，中間那位是從軍時候的池復榮。池復榮左邊，是她的大哥；右邊，是她的弟弟。右頁的圖，是池青天去世時的送殯行列，備極哀榮。

장남 지달수, 낙양군관학교 시절

차녀 지복영, 한국광복군 종군 시절

차남 지정계, 학생 시절
해방 후 국군에 입대하여
육군 소위로 보성에서 전사

池老師寫過一本紀念她父親池青天與韓國武裝獨立運動的書。這是書裡的照片。
二戰結束時，池青天是韓國臨時政府之下的光復軍總司令。

匆匆少年時

一九七〇年代，釜山

네번째 이야기

媽媽

初一那年的寒假，我的母親過世了。

我母親有個很特別的名字：于愼奇。（外公當年爲什麼會給一個女孩取這樣一個名字，應該有個故事，只是沒來得及問她。）所以，她又有一個比較通俗的學名：于梅琦。她在山東老家的娘家很富有，因此不但上學上到高中畢業，而且從女紅到烹飪，無一不精。這樣，她嫁了一位高大、英俊的先生，這位先生又一路把生意做得越來越大，她的生活一直是很順遂的。

後來，我父親破產，她受的打擊很大。但是，這些事情又肯定比不上她受的另一個打擊，也就是在前面夭折了兩個孩子之後，好不容易存活下來的一個兒子，又患了小兒痲痺。多年後，等我自己有了小孩，不過因為他感冒而夜半啼哭就感受到的無助與心焦，才讓我多少體會到一點當初媽媽在我發病時候的心情。

可是，我的童年，並沒有因爲我的病，因爲父親的破產，而產生任何匱乏。媽媽用她的愛，和她的本領，給了我和妹妹最大的呵護。

不說她經常幫我們剪裁的衣服、織的毛衣，連家裡絲綢被面上的龍鳳、山水，也都是她親手繡的。她憑著一身手藝，把有限的家用擴大了許多效果。

端午節，早上醒來，我們手腕上已經纏繞了五顏六色的彩繩。和掛在家裡的彩色粽子形荷包一個作用，都是辟邪的。仲秋節，記得她用一個上面有各種小動物形狀的木頭模子，塡出形形色色的糕餅，烘得香香酥酥。春節，她做的年菜，蒸的各種饅頭、包子，更成了我永遠思念的口味。

我最早的故事，也都是媽媽講給我聽的。有一個，是說她家鄉的一個表妹，被一條成精的黃鼠狼給迷住，後來大人又怎麼抓到黃鼠狼。在冬天的夜裡，聽著呼嘯的風把窗紙刮得快要破掉，媽媽講那個黃鼠狼的模樣，把我嚇得把整個頭鑽進被窩，她暖暖的懷裡。

因爲有媽媽的陪伴，小學是我最幸福的一段日子。

上學、放學，都是媽媽來接我。午餐時間，不是她來揹我回家吃午餐，就是她準備四層的圓飯盒送來學校——兩層是菜，一層是飯，一層是湯。

從我家去學校，要走下一道四十度的黃土坡。晴日還好，可以小心地、慢慢地走。到了下雨天，黃泥滾滾，就成了不可能的任務。我們必須先走到很遠很遠一個地方，再回頭沿著那邊鋪了柏油路的坡道繞回學校。後來，媽媽發現在中間路段有一條近路可抄，所以，朦朧中可以回想起，媽媽帶著我和妹妹穿行在一條黝暗又曲折，雨水落在兩邊屋簷滴滴答答的小巷子裡。

媽媽給我設了一個無微不至的保溫箱。她怕我出去受到傷害，我也非常樂於不要出去。每當考試或書法比賽得了獎，媽媽問我要什麼禮物，我總是

另一些回憶

我母親留給我的，不只是這些溫暖的回憶。

她的身材瘦削，喜歡穿旗袍式的衣衫，因爲包過小腳又放開，走路沒法很快。但是她的個性則不然。和她相關的記憶裡，很早的一幕是，她抱著我走在一個燈光暗黃，人影幢幢的房間裡。當時我父親破產不久，沉溺在一間鴉片館裡，我母親帶我去站到了父親面前，拉他出來，幫他戒了鴉片。我父親這樣開始了去外地幫別人工作的生活，沒有淪陷深淵。也因此，我還記得後來一幕：一個陰霾的冬日，在港口的一個斜坡上，她指著遠處蜿蜒而來的火車，告訴我多少天以後，爸爸就要搭那輛火車回家了。

她對我又沒有溺愛。對一個孩子的做人，以及生活上的教育，她沒有因爲我身體的不便而放鬆丁點要求。犯了錯，她會用掃把狠狠地抽打屁股；犯再嚴重一點的錯，晚上就不准進房間睡覺，即使是嚴寒的冬夜，也得在外面地板上罰跪。如果說後來我在做人處事上還懂得一點自愛，那一定和她給我的許多糾正有關。

剛進初一的上半學期，媽媽發現自己患了子宮頸癌，決定開刀，手術失敗而過世。從她發現異常到過世，這段時間很短。父親說我行動不便，沒有要我去過醫院，她去世之後，也沒有讓我去參加葬禮。所以那段時間對我而言很虛幻，只有三兩個畫面是清晰的。

一個是夜裡被她哭醒，看到她背著燭光凝視著我，淚水滴在我臉上。

一個是她要動手術的前夕，我在外面貪玩，沒有及早趕回家去見她，她躺在炕上，氣得不肯和我說話的背影。

最後一個，是一位參加葬禮回來的叔叔，紅著眼告訴我：我母親的棺木要釘的時候，一直釘不進去。直到爸爸跟她保證一定會好好照顧我，要她放心，釘子才釘了下去。

但，也就是這些。我對母親的過世，一直有種很不眞實的感覺，之後很長一段時間，都總覺得她是在開我一個玩笑，隨時都可能從外面開門笑嘻嘻地拎著一摞書走進來。再之後，雖然也知道她是眞的走了，卻也沒有特別的難過與懷念。我一點都沒想到，要眞正思念媽媽，是很久很久以後的事。

一九九五年的秋天。

有一個周末，我自己中學已經二年級的兒子和同學出去玩，跟我約好晚上六點回家。下午，我在家裡工作，睡著了。睡了很長一段時間，醒過來的時候，天已經全黑，漆黑的屋子裡沒有一個人。

躺在黑暗中，我思索著他怎麼還不回來。

突然，對母親的回憶像一道細細的水流潺潺而來。我在外面貪玩，沒有趕回家去見她，她躺在炕上不肯和我說話的背影浮上了心頭。

接著，水流一下子掀起了巨浪，把我打翻。

我不由得坐起身，放聲大哭，在黑黑的屋子裡，在她去世二十六年之後。

現了兩家從大邱搬來釜山的中國人鄰居，其中有兩個孩子和我同班，另一個比我低一班。從此，放學後我家門口也有人喊我的名字，叫我出去玩。

我也開始跟大家玩起捉迷藏的遊戲，但是因爲跑不過人家，往往只能選一個最隱密的角落，等大家苦尋不著，願意特別放我一馬的時候，才出來自首。當然，我最拿手的還是講故事，所以一座劇場的後門樓梯頂，就是我的講台，樓梯上下會圍一堆孩子聽我講故事。

五、六年級開始，我的朋友更多了。一個理由是，我在課業上突然開了竅，成了一個「小老師」，放學後，來我家一起做作業，或「抄」作業的同學，門庭若市。另一個理由是，同學的個頭和力氣都大起來，可以揹我了，所以有些利益可以分享。由於不能用學校的廁所，所以老師特准我回家去用馬桶。回家一趟，可以找四個同學。通常，一人負責揹我，一人從旁協助，另外兩人各持一根拐杖。四個人的陣仗，方便了我，也方便了大家暫時逃離教室，眞是皆大歡喜。於是我要何時回家大便，就成了需要涉及眾人權益的公共事務；哪些同學陪我回去，也成了某種特權的分配。當然，偶爾也會有穿幫的時刻。有一次就是我還沒向老師報告，就有個急不可待的同學搶先舉手：「報告老師，郝明義要回家大便！」

不過，在小學畢業之前，我這些活動範圍，都不過是學校和家之間兩三百公尺之內的事情。要說離家去比較遠距離的記憶，只有六年級一次在一個大姐頭同學帶領下，去了一個太陽曬得很厲害，地上沙子很多的地方，看了場馬戲團的表演。

母親去世，少了她的照顧之後，我必須開始對這個世界，展開更大距離的探索。而這個探索過程中，對我影響最大的，就是朋友。

親舊

不妨先談談韓國人對朋友的看法。

韓文的「朋友」，是漢字的「親舊」兩個字，發音接近「親固」。韓國受儒家文化影響很深，「朋友如手足，妻子如衣裳」的觀念，在社會上很普遍（起碼當我在那兒的時候）。而「親舊」之間，最重要的是「義理」，所以「親舊」、「義理」這些字眼，在韓國文化裡佔著非常特別的地位。

我們小時候，韓國有兩類電影最賣座，一種是《淚的小花》那種愛情加親情的大悲劇，一種就是什麼《義理之男》，《暗黑街的男子漢》這種描述友情的電影。前幾年有一部《朋友》在韓國創下歷史新高的票房紀錄，連紅遍亞洲的《我的野蠻女友》也落於其後，是有其傳統背景的。

除了電影，眞實世界裡有一幕場景。那是個冬天，天色傍晚，在前街上。前街雖然不寬，畢竟是條行車的馬路。我看到兩個男人，一人坐在馬路正中央的地上，一人枕著他的大腿蜷臥在地上。躺著的人醉得厲害。坐著的人比較清醒，抽著煙，不時把香煙送到懷裡那人的嘴邊，輕輕拍拍他的臉龐，低聲講幾句話。我站在一間文具店裡，隔著距離和玻璃，完全聽不見他們在說些什麼，但是那兩個人在寒風中，在逐漸昏暗的天光裡，那種目無餘子的感覺，卻比屋子裡的火爐還溫暖了我的心。

電影《朋友》的故事，就發生在釜山。幾個主角讀中學的時代，也和我們相仿。所以，電影裡他們穿著的黑色校服、活動的市街，也就是我們成長的時空背景。

失去了母親的照顧，進入青春期的我，交往的朋友產生了許多變化。

第一次，我要自己買午餐來吃，我要自己使用零用錢，我要自己安排生活裡的細節，等等等等。於是，我生活的範圍一下子拉大。我交往的朋友，不再只是鄰居玩伴的圈子，包含了來自同班、其他班，甚至釜山之外其他地區的同學；不只是別人眼裡所謂的「好學生」，還包括別人眼裡的「壞孩子」。

後來回想起來，其中有兩個因素的作用。第一，是母親爲我設下的防護罩太細密了，細密到我根本沒有覺察到它的存在，也因此，失去它我沒有任何爲之卻步的疑懼，只是「平常心」地開始了對外的探索；第二，是我週遭的朋友，不論是原來從小學時期就來往的，還是進了中學之後才認識的，沒有任何人用異樣的眼光看待過我，更別說任何一點或明或暗的欺負，他們只是很「平常心」地和我交往起來。

於是，他們帶我一起參加各種遠足、旅行，經常划船載我到遙遠的小島，從沒有人覺得有什麼危險；我和他們在一起，也學會了抽煙、喝酒、聽流行音樂、追女孩子，看一些只能夜深人靜才能偷看的書，以及後來去泡那些德克薩斯胡同的酒吧。

在各種因素與影響的混合中，朋友幫我形成了一個最寶貴的特質：開朗的個性。後來我一直沒有把自己軀體的受限放在心上，不能不感激我中學六年的朋友。

韓國人

除了老師和同學，青少年時期影響我最深的，當然就是那個環境的本身：韓國。

過去，韓國人因爲愛穿白色衣裳，有「白衣民族」之稱，但是二〇〇二年世界杯足球賽在韓國舉行的時候，看著那些衣服要穿紅的、飲料也要喝紅的「紅魔」，倒覺得這些愛吃辣椒泡菜的人，稱之爲「紅衣民族」倒可能更可以表現他們的特質：激情——激越之情。

到底有多麼激越呢？從一個故事講起吧。

大約相當於中國的唐朝初年，朝鮮半島上是高句麗、百濟、新羅鼎立的三國時代。高句麗約莫相當於那個兔子側影的上半身，新羅相當於下半身的右邊，百濟則是下半身的左邊。

後來，新羅與唐朝聯手，即將呑併百濟。

新羅五萬大軍攻到百濟首府，百濟的大將，階伯，卻只有五千人馬可以動用。階伯明知必敗無疑，出戰前夕，叫來妻子，宣示寧作百濟鬼，不作新羅奴的決心，爲免受辱，他們一一刎首。

沒有後顧之憂的階伯，出戰卻佔了上風。連著四日鏖戰，新羅軍隊都被百濟擊退。新羅的大將品日看了很沒面子，就叫兒子官昌發揮「花郎精神」，衝入敵陣，顯顯我軍威風。

十六歲的官昌，欣然上馬，攻進百濟陣地縱橫廝殺了一陣，被擒。階伯見他勇猛，憐他年少，又送回新羅陣地。

品日怒斥其子爲何生還。

官昌咬牙上馬，再度殺入敵陣，也再度被擒。這次，階伯斬了他的首級，掛在馬上送回去。目睹這段經過的新羅士兵，熱血沸騰地進行反攻。經過慘酷一戰，百濟人馬，無一倖免。戰勝的品日，這才哭紅了眼睛。而百濟城破之日，三千宮女集體投江。

再看看另外一些故事。

唐朝即使以唐太宗國力鼎盛之際，也四征高句麗不下，是他們這種激越之情的作用。

二次大戰期間，安重根刺殺伊藤博文，蔣介石說四萬萬中國人做不到的事情，被一個韓國人做到了，仍是他們這種激越之情的作用。

我最難以忘懷的，是一九七〇年代，有位韓國拳擊手洪秀煥挑戰世界拳王，被擊倒六次之後還能反擊，最終打倒對方贏得勝利的故事。

激越之極。

中國人不免覺得韓國人的性格與文化中有一種粗魯、莽撞的成份。不過，講究中庸、持重的中國人所容易忽略的是，少了那股血氣迸發的衝動，也就沒有激越的力量了。

我的青少年時期在韓國成長，血氣方剛的歲月遇上那個環境，不知不覺中也就受到相當的影響——而這些影響要到年過四十，處世心境和方法進入另一個階段後，才回頭對照著找出一些脈絡。

繼母

我初三的時候，有了一位繼母，是韓國人。

我和她沒有一般繼母與兒子之間的敏感情結，但是卻有不少文化上的衝突。她是一個非常善良的人，但是脾氣敏感又火爆，因此有一段時間我們經常爲了彼此日常生活的習慣和用語之不同，而產生對抗。不過也從她身上，我特別體驗了韓國人那種脾氣來的時候和你不共戴天，脾氣去的時候雨過天晴的個性。

記得來台灣後第一次收到家信，我父親的信寫些什麼早都忘記了，但是繼母的信裡有一段寫惦念著我，如果我是在漢城讀書，她還可以經常搭火車來照料一下我的生活，卻是今天還記得的。

妹妹

我的妹妹叫「帶利」，韓國話叫起來很像「打利」的發音，繼母來我家之後，經過她的提醒，我才想起「打利」在韓文裡是「腿」的意思。所以每當我叫「打利」的時候，原來都是在叫我的「腿」。

帶利眞是我的腿。

從家裡的日常起居，到出去買東西跑腿，或是去我喜歡的女同學家裡借小說拿筆記本，都是她在幫我執行任務。不分四季或晴雨。

她小我三歲，但是個頭太小，到初中畢業還看來還像是小學三四年級的模樣。所以在韓國的時候，我總是沒把她放在眼裡，不太樂意跟她一起玩，也把她對我做的一切視為理所當然，只是年歲越過去，越體會到她在我成長過程中扮演的角色。

我眞要好好想想如何對待我的「打利」。

另一些老師

中學六年，我幸運地在兩門功課上打了些基礎。一門是英文，這要感謝陳維雲和趙崇超老師。陳老師在發音，趙老師在文法上給我們的訓練，日後受益良多。再一門是數學，這要感謝李善玲、王兆忠和趙崇龍老師。他們帶領我進入了代數和三角的世界。

數學裡，我特別喜歡三角幾何。sin, cos, tan, cot……這個角和那個角，這個邊和那個邊的對稱，對我而言與其說是數學題目，不如說更像是在偵探小說。找出一個個距離遙遠，又錯綜複雜的點、線、角、面的大於、小於、等於的關係，像是在摸索一個個命案現場的線索。韓國的冬天乾冷，有太陽的地方則十分暖和。冬天的下午，曬著太陽做三角幾何，是我回憶中其樂無比的享受。

教三角的王兆忠老師，考試題目經常是五題，一題二十分。他看我可以輕易拿到滿分，後來總會留一道特別難解的題目，專門當作掂掂我斤兩的一個角落。而我面對那一道看來各種邊、角關係特別複雜的題目時，也就分外精神抖擻，非要破解成功不可。王老師愛流汗，我記得他發下我又拿到一百分的考卷時，一面掏手帕擦汗，一面嘴角帶著點笑意的神情。

不過，化學沒學好。那位老師一表人才，可是從第一堂課拿著根粉筆告訴我們「一個莫耳等於六乘以十的二十三次方個分子」開始，半個學期下來，還是在重複同樣的一句話。同學發動要罷免這個老師，沒能成功，但是化學課從此就丟在腦後了。

高中畢業

韓戰之前，韓國華僑在當地經濟體系裡的發展空間很大。韓戰結束，尤其是等朴正熙執政，決心建立民族資本，深植國力之後，華僑就沒什麼經濟活動可言。

何況，中國人居住在韓國，雙方由於千絲萬縷的過去，有著十分微妙的情愫。小時候走在街上，韓國小孩會叫我們「大國奴，滾回你們自己國家！」

中國人講起韓國人，則喜歡稱之爲「高麗棒子」。

「大國奴」在「高麗棒子」的國度裡，可以選擇的行業寥寥無幾。

最普遍的，是開一個以賣炸醬麵爲主的飯館。韓國人愛吃炸醬麵，炸醬麵相當於中國人的代名詞。

再來，在韓國當地讀漢醫科系，開個漢醫診所。或者，在僑校當老師。或者，在韓國和台灣兩地跑跑單幫。極少數幸運的人，能涉足一些輕工業或其他民生產業。

一方面因爲華僑在韓國當地受這些現實因素的影響，一方面因爲對中國文化根深柢固的認同，所以在我們那個年代，韓國華僑在當地讀完高中後，總以回台灣繼續受教育爲第一志願。我們喜歡說「回」台灣而不說「去」台灣，因爲覺得那裡才是中國文化保留得最完整的地方——雖然那是個遙遠的、陌生的熱帶國度。

在這樣的氛圍裡，我們讀完高中。有的同學一早就決定要留在韓國生活；有的同學參加來台灣的升學考試沒有通過；有的同學通過，準備束裝就行，各自開始邁入下一階段的人生。

趙校長

我在高三最後一個學期時，遇上一件事情。

從小，因爲行動不方便，師長給我將來的建議時，總是談一些靜態的行業。也因爲寫寫文章好像還可以，所以很早就有人要我往寫作或出版業發展。

這些話我都聽不進去。在我聽起來，這跟要我去學刻印章和修手錶的建議沒什麼不同。我認爲，都太消極也太悲觀了。誰說是因爲行動不便，就一定要做些和文字相關的靜態工作？

所以，少年時期雖然我還不知道自己的人生方向何在，但是有一點倒是確定的，那就是寫作和出版，早就從人生規劃中一筆勾消。

初中、高中讀下來，因爲對數學和物理的熱愛，以及物理又要比數學更不「靜態」一點，所以，到高三要文、理組分班準備考大學的時候，我就理所當然地進了理組，並且以考物理系爲第一志願。

高三進入下學期，就差考大學不過兩、三個月的時候，我們校長找我去談了一次話。

校長叫趙志文。

趙志文是僑社從台灣聘來的校長。他的大女兒和我同班，所以我清楚地記得他們是在我小學三年級那一年移居到韓國的。

趙校長身材不高，又很瘦削，不苟言笑，再加上一口和我們山東話大不相同的國語，所以起碼對我來說是個距離又遠，又極少接觸，印象只覺十分生冷的一個人。

不過他學校辦得很好。釜山華僑中學的規模在他手中發展到巔峰，我們進初中那一年，初一可以分成每班六十個學生的四班，創造了紀錄。

趙校長那天找我去，問我大學準備考什麼志願。

我回答是物理，台大物理系。

趙校長搖搖頭，說我讀物理系有問題。理學院有許多實驗，殘障的人行動不便，無法進行，物理系自不在話下。他說著拿出一張台大的招生簡章，理學院底下有一行備註，大致是說某些課程對殘障者不便等。沒有那麼清楚指明就是哪門科系不准報考，但又好像大有障礙。

我問他那數學系呢。數學系也是理學院啊，趙校長回答。

我一下子目瞪口呆。好半晌，才問他怎麼辦。

他說沒有辦法。這些規定也不是說一定不會讓我入學，我當然可以考，也可以去台灣，可是到註冊的時候萬一不准，那就要再搭飛機回韓國了。他問我：「你的機票白花了，學業也泡湯了。你承擔得起這個風險嗎？」

那我該怎麼辦，我再問他。

「考文組吧。文學院沒設這些障礙。」說著給我看看文學院的招生簡章。果然沒有。

可是文學院？我從小就排斥的文學院？才不要呢！

趙志文要我回去再仔細考慮清楚。

我去找好幾位老師請教。除了一位老師高興地要我就去讀文學院之外，其他人都鼓勵我堅持下去，繼續考物理，賭上一賭。印象最深刻的是，一位也讀過台大的老師告訴我：據他回憶，台大的註冊組窗口很高，所以如果大家排隊，我擠在隊伍裡，輪到我站到窗口下的時候，上面的人可能看不到我拄拐杖，可以矇混過去。

我沒敢冒那個險。

於是，我決定去讀文組，也從文組的科系裡挑了一個自以爲可能最會用到數學的科系：商學系。如此這般，我考上了台大商學系的國際貿易組。

來到台大之後，我發現了兩件事。第一，新生註冊是在體育館辦的，註冊組的人都坐在一排排長桌子後面，而不是高高的窗口後面；第二，理學院裡我看到一位肢體障礙比我還嚴重，當時就要坐輪椅的同學——據說他還是讀化學系的。

後來很長一段時間，我曾經十分埋怨趙校長。怨他害我進了一個根本不喜歡的科系，那個科系所運用的數學又根本不是我想像中的數學，害我後來甚至中斷了對數學的喜愛。當時我不知道的是：我在商學系心不甘情不願所上的那些會計與財務的課程，日後幫我在一個離財務與管理比較遠的文化事業中，奠定了多少有利的基礎。

不只如此。還得感謝他為僑中所網羅的那許多優秀的師資。無限謝意。

因而賞識他，並經由他的引介認識了一些人，決定在釜山市中心最繁華的地段，投資興建一家觀光飯店。飯店沒有完工之前，我父親發現中了圈套。這是個什麼樣的圈套，他從沒有說過。我從旁人那兒聽來，就是很多錢被席捲，幾個該負責的人都失蹤，他只能變賣所有的財產來善後。

我幼年有一個清晰的記憶，就是在一個陰雨天的下午，從一個四十五度的仰角，看他端著家裡的電話機走出去。

他在五十歲的時候栽了這個跟斗，打擊很大。有段時間，沉溺於鴉片中，幸好我媽媽把他拉了出來。接著，他就靠自己的一手毛筆字、好算盤，在外地做一些帳房之類的工作。也因此，才有媽媽帶我到一個可以望得見鐵路的高坡上，看那遠處來去火車的記憶。

媽媽去世後，他回釜山落腳，在釜山華僑協會裡做一個收會費的工作，每天搭著公車兜來兜去，去一家家華僑商號收那零頭小錢。

上高中時，我對他逐漸有了不滿。主要起因是聽一位同學說他父親如何在五十歲垮掉之後，重新致富的故事。這個故事勾起我一個疑惑：爲什麼我的父親在五十歲的年紀摔了一跤之後，卻就此一蹶不振？

我開始看不慣他每天爲了那區區一點點會費東奔西走，晚上僅僅爲了把一筆筆零頭小錢算得清楚，就心滿意足的樣子。我看不慣他只因爲有人來求他寫一幅字，自己覺得寫得不錯，就滿面春風的樣子。

快接近高中畢業的時候，更受不了這個人平時不愛講話，卻要給我一些叮嚀。他操心將來我在社會上怎麼有個立錐之地，不時提醒我要謹愼爲人，小心從事等等。這些話聽來很煩，我甚至開始鄙視他那只因自己的一時失足，就要把世事看得如此灰暗的心理。

我們因而大吵過兩次，冷戰過很長一段時間。我甚至願意多和繼母說話，也不願意和他溝通。

我在一九七四年高中畢業，那年十月，來了台灣。

和父親和好，是多年以後的事。我慶幸自己在種種無知、不孝的作爲後，在他晚年又回到了他的身邊。其實，他一直都在等待我，是我自己不肯回去而已。

而眞正開始思念他，也是他去世以後多年的事。

同樣是一九九五年的一個十月天，我因爲自己的司機請假，搭計程車出去，遇上一位女兒也患了小兒痲痹的司機，聊了起來。他計算民國五十年代的物價給我聽。當時看一場電影只要一塊六毛，他在機械工廠裡工作，一天拿二十多元。結果他花了八千元治他女兒，拖了好幾年的債……

他一路說著。而我腦中想的一直都是我父親。想起小時候街坊鄰居的韓國人指指點點地叫我「那個富翁的兒子」。想起他們總是告訴我那個富翁就算用黃金來打造我，也有多高多高等等。想起可以說是因爲我的緣故，他把全部家當都賠了進去。

而他總是什麼話都不說。

那是在計程車上。我只能躲在司機座後，努力讓自己不要哭出聲來。

高中時分，在一個海灘上的我。

四月的那個下午

二〇〇二年，及之前

다섯번째 이야기

冬天的情形我記得。由於要手握拐杖，沒法戴手套，所以在氣溫零下的冬天，我只能光著手在刺骨的寒風中頂風前進。進了教室手都僵了，要先在一個角落，把兩隻手揉暖和了，才能去烤火爐。

可是下雨天，在長達一個月的雨季裡，我是怎麼上下學，卻怎麼也回想不起來了。我不能打雨傘，也沒穿過雨衣，而綿綿的雨水，不像是冬天地上結的冰，是繞不過去的。

後來，我央求一個朋友幫我回想。她白了我一眼，說：「是你爸爸給你打傘，陪你上學的啊。」我依稀想起和父親在一個屋簷下避雨的下午。另外一個朋友回答：「是我們陪你的啊。」我也有些印象了，幾個同學陪我走在雨中，爲了免得拐杖打滑，每邁出一步，同學就伸腳幫忙把拐杖抵住。一步一步。

□

更多的片段，卻是空白的。

有關池老師的記憶，就是大段大段的空白。除了她給我上的那兩課之外，只記得幾個場面。

一次是有一天在操場邊上曬太陽，猛一抬頭，看她和另一位老師在二樓圖書館門口，一面聊著天，一面看了我一眼的神情。

一次是高中快要畢業的時候，和另外一位同學請她看一部《吾愛吾師》的電影，散場後她回請我們去洋果子店吃茶，給了一些叮嚀和鼓勵。

還有一次是高中畢業之後，爬好高好陡的石階，去拜訪她家，向她告別的情景。她拿出一個信封袋，告訴我是小小的意思，祝我到台灣之後的學業順利。

當然，我還記得來台灣之後，她給我寫過的一封信。信是這樣開頭的：「郝明義，現在我坐在你來過的那間書房裡，窗外下著雨……」

她的信娓娓道來，像是在和遠方一個朋友的寄語，絲毫沒有一個老師對學生的語氣，當時我只以爲是我進了大學，老師把我當成大人看待、期許。多年之後，我整理她的故事，對她多一些了解，才算體會了一些她的立場和心情。

□

我曾經以爲絕不會辜負老師的期望，也曾經以爲完全辜負了老師的期望。

剛來台灣的時候，同是韓國來的同學特別容易緊密地聚合在一起。聚合的熱情固然溫暖了大家，但是也燒傷了大家。經常黏在一起飲酒作樂的結果，不但讓大家的荷包同歸於盡，更嚴重的是課業也一起沉淪。大二的時候，我收到一張滿江紅的成績單，差點被學校掃地出門。

大四下學期，我更奇怪地進入了一個荒唐的世界。

我和一群賭場保鏢、黑道混混、風塵女郎共同生活了半年之久。

在那棟區隔成一間間小套房的大樓裡，我先和他們毫無牽扯，再因好奇而接觸，最後變成日夜混在一起。

那一年冬天，台灣有很多重大事情發生，但都和我無關。記得連續幾天醉生夢死之後，睡到一個下午醒來，出去把三餐當一餐吃的時候，感覺到一點異樣的氣氛，才知道美國和台灣斷交了。那個新聞對我的影響也僅止於此。然後夜晚來臨，大約雲門在嘉義首演〈薪傳〉的同時，我又回到那間因爲欠錢而斷水斷電的小房間，墜入混雜著酒精、女人身上廉價香水，和地毯霉味的黑暗之中。

我可以眼看著自己的一步步下陷，但就像沉入一個沼澤，完全無能爲力。所有的理想、期許，都雲消煙散，我前無去處，後無退路，只有掙扎。越多的掙扎，又造成更深的陷落。找工作，面臨了身障者就業的歧視問題。努力和朋友開了一家貿易公司，公司倒掉還造成一筆負債。再和一位朋友借了一筆錢，回韓國跑一趟單幫來賺錢還債，結果血本無歸，債上加債。

有長達一個月的時間，我流浪在漢城，輾轉借住於朋友家裡，還有一間間廉價的旅社。大雪之後的一天，在一個地下道入口的唱片行門口坐著曬太陽，聽免費音樂，竟然成了難忘的快樂時刻。

有人建議我，乾脆回釜山，去僑社找個什麼差事，慢慢還債。台灣的種種，就先不要想了。我勉強湊錢買了張火車票回到釜山，不敢回家，住在車站旁邊一個小旅館裡，打電話偷偷約已經在工作的妹妹見了一面。想了一夜，眼看著就要走上一條看似安全，卻沒有明天的後路。我沒有什麼選擇的餘地，唯一能做的，就是乾脆斷了這個念頭。華僑如果放棄在韓國的居留權回台灣定居，可以借這個名義多帶一些免稅行李。於是，我拋棄了自己在韓國的居留權，再把多帶免稅行李的權利轉賣給別人，換來一張機票。這樣，我重回了台灣。那是一九七九年，比五年前剛來讀大學的時候，更沒有未來可言。

回到台北，一位名叫柳耀中的朋友幫我在興隆路上找了個分租的房間，不時來給我送一點錢。儘管沒法保證天天三餐不缺，但大致還過得去。只是不知道怎麼還債，更別談走出條前途。每天早上醒來，看太陽從東方升起，下午，看太陽西下。一天又一天地重複。一切的希望，似乎都已停止。

後來，名叫鄭麗淑的二房東和我比較熟了，就問我有沒有興趣接點翻譯的工作。她在《八十年代》月刊上班，長橋出版社的鄧維楨先生常去她們那裡聊天，問她能不能介紹一些可以翻譯英文小說的特約人員。於是我去見劉君業先生，接了生平第一個翻譯工作。我就這樣踏上了一個轉折。終於，我還是走上了從小就排斥的那條和文字、出版相關的路途。

□

我出版過一本書，叫《最後十四堂星期二的課》，一本十分受歡迎的書。這幾年來，不時會有人問我當初是憑什麼眼光，看出這本書暢銷的可能。

其實沒有。做出版工作，不能不考慮到市場，但是我做過的最成功的出版企劃，幾乎都不是以市場考量爲出發點的。《最後十四堂星期二的課》也是一個例子。

一九九七年十二月三十一日，也就是前面我說在一九九八年元月見池老師的前夕，我在傍晚時分進入大塊文化的辦公室。第二天要前往韓國，我去收拾一下辦公桌。看到同事留下一本Tuesdays with Morrie的英文書，要我儘速評估。我躺倒在沙發上，讀起那本書，讀到很晚。

我讀到這樣的段落：

> 在那個夏日午後，我擁抱了我親愛而睿智的老教授，並且答應要保持聯絡之後，……我並沒有和他保持聯絡。……

二十出頭的我到處飄泊，租房子找分類廣告……

我的夢想是成爲著名的音樂家……但我在昏暗空蕩的酒吧混跡好幾年，許多機會無疾而終……

我的夢想終而變了顏色。

又讀到這樣的段落：

我到處尋求機會……我像是用高速檔行駛，不管做什麼，我都是快馬加鞭，剋期完成……

我用成就來滿足自己，因爲成功讓我覺得可以主宰事物，讓我可以榨取到最後一絲的快樂享受……

那麼墨瑞呢？我偶爾也會想到他，想到他教我的『做人本份』及『與人溝通』，但這總是顯得遙不可及，彷彿是下一輩子的事……

我十六年沒見到他了。他的頭髮變得更少，幾乎已經全白，臉孔也瘦削憔悴。我突然覺得自己還沒有準備好和他重聚……

我們一起共度那麼多時光，墨瑞對我這年少氣盛的人，曾經如許耐心的呵護調教，照說我應該馬上掛掉電話，縱身跳下車，衝上前去抱住他，吻他額頭道哈囉才對。然而我關掉引擎，在座位上放低身子，假裝是在找東西。

在次日即將回去和我自己久違的老師重逢的情緒中，淚水不可控制地一路流下。

我想起曾經有過一段再也不敢奢望有臉重見師長的日子，想起在絕望的時刻也曾經在一棟八樓的天井邊緣徘徊過。

每一個學生都有他的老師。每一個學生都有和他老師特殊的因緣，以及故事。

我比較幸運的是，在絕望的谷底逗留過之後，後來畢竟走了出來；和老師多年中斷聯絡之後，還有了重逢的機會。

《最後十四堂星期二的課》，其實主要是基於一個學生的感動，而不是什麼出版者的眼光來出版的。

□

二〇〇〇年三月，池老師給我打了個電話，說是在四月份的時候，想陪一位先生剛過世的朋友散散心，所以要來台灣一趟。

這一年來，我和她比較長時間沒見，中間只有電話聯繫。幾次問她什麼時候動身去東北，都說再看看。因此聽她要先來台灣，雖然意外，但也極爲高興。

□

池老師是四月十七日和朋友一起來的。當天氣色非常好。十八日遊覽了半天，體力顯然有些不支。次日用過早餐後，發現嘴裡有些血絲。我帶她去把脈，說是因爲旅途勞頓，一點感冒，再加心情的興奮，所以造成火氣上升。靜養之後，才恢復一些。

當天晚上，我們本來特地爲池老師召開了一次在台灣的同學會，出席二十多位，但是因爲她的不適，所以就在會後轉移陣地，順序挨進了她在飯店的房間。

那是一個快樂的夜晚。很多同學也是在高中畢業後第一次見她，大家的心情可以想像。後來整理錄影帶的時候，注意到她有一句話講得特別緩慢：「希望你們的友誼，能永遠保存。」

二十日，她繼續休息。我請她來我家坐坐，看看我們養的貓和兔子。第二天，她和朋友就回韓國了。

□

池老師在我家的那個下午，可以看得出她的落寞。

有一個原因是她突然不舒服，沒辦法照原定計劃陪她的朋友散心。

另一個原因，她摸著我們養的兔子，說：「這次我來，還有一個目的，就是想測試一下自己的體力。如果來台灣這一趟我吃得消的話，我就有信心準備去東北了。」她輕嘆著搖搖頭，「但那是不可能了。」

我不知道說什麼。

「我自己對生死是無所謂的。」她接著說，「可是我不能不爲同行的人著想。萬一怎麼樣，我不能給同行的人製造那些負擔。」

那天下午，她講了好一些故事給我聽，像是東北養小狗那一段，就是那天聽的。

我也趁機頭一次問她，在中學對我最早的印象是什麼。她這麼說：「那天你們班上同學在打掃教室，你在操場上玩皮球。我跟你說，你雖然不能打掃，但是可以進教室去陪陪同學，講講故事或是笑話給他們聽啊。可是你說不，一個人繼續玩你的球。」

我有點面紅耳赤，眞不敢相信：「怎麼可能啊？是我嗎？」

她笑笑：「是啊，是你。」

那天下午，她順便還教了我一件事：抓兔子要抓耳朵。

□

二〇〇〇年，是很難忘的一年。這一年，不論是就我個人，我身處的行業，還是社會，都在面臨轉型。我像是面對波濤洶湧的海洋。一面因爲風中撲面而來的浪花而興奮，一面也感受到未知的浩瀚，自己的渺小。

眞是奇特的年代。

□

那年七月，我參加香港書展，然後去北京。就在那個旅途上，在香港中環車站的一個轉角處，我被一個念頭擊中。到了機場之後，我在筆記本上記下了這段文字：

2000年7月20日上午10點半，

我在香港中環的機場快線車站Check-in，

突然有個念頭閃過：應該把這個故事寫下來了。

也許，幾年後再寫，這個故事會更完整一些，

但，也免不了帶上一點的哀傷與遺憾。

現在，如果能趁她還在的時候，寫下這本書送給她，

故事也許不夠完整，但應該會更圓滿一些。

所以，我就開始了。

2000年7月20日中午12:05　在香港等飛機起飛的前一刻

現在回想起來，爲什麼會在那個時間，香港的車站，突然想起要把池老師的故事趕快記下來，倒也不難解釋。

那是一種一直在溫暖我著的感覺，與力量。

而那個時刻，只是想寫下來了。

□

那年十月，我這本書的第一稿就寫好了。所以，我在第一稿的最末尾，加了段這樣的文字：

在這些故事要結束的時候，我的心情是很欣喜的。

我準備等這本書出版的時候，在今年第一場雪還沒下之前，親自帶一本書回去送給她。

然而，我並沒有做到。

一是後來覺得書的結構還需要很多調整；二是池老師對初稿有意見。

我的初稿，寫她故事的部份，都是用她第一人稱的語氣。所以她先是簡短地說了句：「沒什麼好發表的。」又加了句：「你不能用我的第一人稱來寫我的故事，我會寫自己的回憶錄。」

一方面是清楚她的脾氣，一方面是因爲我對書的內容也有困惑，拿不準池老師和我自己故事之間的比重，於是接下來的三年多時間，這本書的稿子就躲進了我手提電腦D槽的某一個角落。只是我從沒停止過不時把它翻找出來，調調這裡，寫寫那裡，然後再放回去——不論是在家裡睡不著的夜晚，或是在旅途上某個宿所的床上。

想要把這本書裡的故事和別人分享的念頭，越來越強。

最後我大幅加入一些本來不想講的自己的故事，然後把池老師的部份也改了一個寫法。

於是，你把故事一路看到了這裡。

□

不過，有一段池老師所說的話，無論如何我還是得照她的原樣寫出來。這段話，主要是她二〇〇〇年在台灣的時候，我整理的筆記。

我希望我的讀者，能和我一起回到那個四月，一個陽光明媚怡人的午後，聽這個老太太緩緩地講一段話。我想，她不會責怪我如此引用的：

在我教過的學生中，你們那一屆是釜山華僑中學十分特殊，很精萃的一屆。

同學裡，鏗鏘有致，各有各的特色。更重要的是求學的態度認眞。

一般來說，僑中的學生可能是因爲居住在外國，對自己的環境和前途都不了解，也不知道求學的目的何在，因此都有點萎糜，沒有振作的精神。

想到在抗戰時期那些中國學生，飯吃不飽，衣服破破爛爛，甚至因爲日軍空襲，夜晚不能點燈，連書都不能讀，在那種惡劣的環境下大家還在努力向上，再看到僑中許多學生的渾渾噩噩，我由衷地難過。

因此我常常問同學：「你們父母辛辛苦苦賺錢，把你們送進學校，希望你們學好，爲什麼你們卻不肯好好讀書呢？」

那些同學都回答：「老師啊，反正高中畢業後我們還是要開飯館，拉炸醬麵啊。」

我說：「可是，就算同樣是拉炸醬麵，你如果懂一些人生的道理，知道人應該怎麼生活，這樣和一個一竅不通，只想賺兩個小錢而賣炸醬麵的比起來，哪一個比較好呢？」

他們說：「都一樣。」

我說：「絕對不一樣。」

人需要開竅，懂一些事情。開了竅，難題就不足以成難題，遇到問題和困難，會自己想辦法解決。

□

不是人人都能成爲英雄、天才，那是做不到的。可是人之所以要成長，也就是要按照自己所具備的條件，克服自己應該可以克服的問題。

所以，學問固然要緊，但我認爲學問還是第二。最重要的，還是讓學生懂得做人的道理，頭腦清晰地分析自己的環境與條件，然後能腳踏實地地向進邁進。

也因爲這樣，當老師，我從不以學生爲學生，而把學生當自己的弟弟、妹妹看待。我認爲：人生最重要的東西都不是從課本，而是從社會和環境中所學到的。所以，要拉著弟弟妹妹的手，仔細地引導他們。引導他，但是不要小看他。要向他們學習，大家是平等的。

□

我教導自己的三個孩子也是如此。

有一次，大兒子早上提著書包要上學，跟我要一筆老師交待回來拿的學校費用。我問他：爲什麼昨天晚上不跟我說呢？任何家庭，都不是任何時候說要拿錢出來就拿得出來的。就算是大富翁，他的錢存在銀行裡，也不是隨時要他掏錢出來就辦得到的。所以我不給。去學校是不是挨罵，挨揍，我要他自己承擔。

我兒子聽了，把書包扔掉，說不上學了。我也說：「好啊，你不上學，我從明天起也不必出去工作賺錢供你們讀書了。」他聽我這麼說，穿著鞋子就衝上炕來，拿了書包就去上學。晚上回來，看他臉色，沒有任何異樣，問他如何，他說老師沒有責怪他，只要明天帶去就好。

這樣我才跟他講一個道理：人不是臨時要做什麼就能做到的。前後要仔細考慮一番。明天的事，今天要仔細想想，預先準備。這樣明天的工作才會輕鬆一些。

□

會在華僑中學待了那麼久，多少也是因爲我對韓國社會起了點不滿的心理。

看到社會上的人，大家不顧公共利益，只顧自私自利。可是我們從小長大的環境不是如此，正好相反。

韓國人，是內向而愛好和平的民族。但是日本人佔據三十年，把一切都扭曲，影響至今。小時候在東北，見識了很多日本人挑撥中國人和韓國人爲了挖水田溝渠而發生的衝突。爲了方便統治，日本人更透過種種離間的方法，來製造韓國人內部的矛盾，有意無意地讓韓國人之間爲一點點小利小益而爭執。

今天韓國人之奢侈、虛榮，也與此有關。奢侈、虛榮，都是暴發戶才有的心態。日據時代，大家本來都很貧窮，因此日本人就扶持一些親日派崛起，透過這些親日派擁有財富的示範，來籠絡人心，進一步扭曲大家的社會價值觀。他們希望韓國人一點都不要開竅，以便進行他們的「御化政策」。

韓國人今天忘記了過去的傳統，奢靡污腐，西方的影響也脫不了干係。本來我也努力學英文，查字典，練習閱讀，但是光復後回到韓國，看到不論老少都要把英文朗朗上口的樣子，就一氣之下再也不學英文了。這些人都理所當然地認爲韓國的光復是因爲美國人的關係。近幾百年來，韓國人實在經歷了太多考驗。

天助自助。自己振作，做一個頂天立地的人被大家尊重。國家也是如此。

□人的價值，在於自尊。泯滅了自尊，任何名利也沒有意義。每個人都要活出他自己所特有的自尊，每個民族也是。大家都有自尊，就可以攜手前行，互相拍一下肩膀。

有人曾經說這是「世界化」的時代。但，如果是放棄了我們民族自尊的世界化，是沒有意義的。

一九四〇年左右，曾經有中國官員慕名而來看我的文章，說：「妳已經和我們中國人寫得沒什麼不同了。」然後又邀請我在韓國光復之後加入中國籍。

我說：「中國文化很好，韓國文化也很好。現在抗戰時期我認爲如此，光復後就更沒有理由要入中國籍。等我們韓國光復後，也希望你來入韓國籍。」對方哈哈大笑。

韓國疆域沒有中國那麼大，但也正因爲小，所以歷史和文化遺跡很多，幾乎處處都是。要研究韓國和中國的歷史，如果能從雙方不同的角度互相比較、對照，會很有意思。譬如今天遼寧一帶，在上古高句麗時代，就是韓國的疆域。

□

我討厭政治。政，可以說是「正」「文」。但現在不是。因此，我對一些政治人物，如白凡金九（註：韓國建國元勳），都只認爲是不平凡的人物，很尊敬，但沒有崇拜。

近來一直思考人類爲什麼要發動戰爭。還是個「貪」字。有九十九萬的人，看到別人有一萬，不是想和平共處，而是想搶過來讓自己變爲一百萬。

我最佩服的人，還是五柳先生，陶淵明。歸去來兮。那種不爲五斗米折腰，那種做人乾乾淨淨的感覺，才讓人覺得眞像個人。

□

韓國，以農立國。特別重視節氣與自然。像是我們有句成語「三寒四暖」，就是韓國冬天氣候的最佳寫照。

人，應該屬於大自然的一部份。因此，應該日出而作，日入而息。

文明的進化，不見得是好事。過去是低度發展的文明，今天是高度發展的文明，有電話，有汽車……但又如何？

□

歷史，起起伏伏。可是應該可以這麼說：每個時代，清醒的人多，那個社會就能振作起來；清醒的人少，那個社會就會走入滅亡。我們不能要求每個人都清醒，但最起碼應該要求自己清醒。

韓國社會，幾十年來，清醒的人也越來越少。私人的慾望太大，爲了自己的利益，計較太大、太多。甚至有人故意放棄自己當一個清醒的人。因爲做一個清醒的人很辛苦，第一要經得起窮困的考驗，第二要經得起寂寞的考驗。

要改善這些，不是一天兩天的事。

最好的方法，或是捷徑，反而是最花時間的事：道道地地，眞正地做好教育。

□我已經八十歲了，臉上長了斑，這應該是內分泌不足，失調，但是不想動手術。我小孫女就說：動手術很痛，並且動了之後就不是我奶奶了。

小孫女有一天問我：「天爲什麼這麼高？」

我問她怎麼了。

她說：「天這麼高，我的禱告就不容易上去了。」

□回顧這一生，眞是坎坷不平。但是就我個人的生活而言，沒有什麼後悔。我一直是憑著良心，盡力去做自己想做的事情、自己樂意做的事情，成敗則不放在心上。

我沒有追求過富貴，只是以自己的努力，維持自己的生活。雖然不像別人過得那麼華麗和富裕，但是想到曾經遭遇過那麼多大家都說沒有希望的難關，結果還是克服，沒有垮掉，就覺得自己的生活還是很不錯。

□

到前年，七十八歲以前，搭地鐵，有年輕人讓位我也不坐。可是從去年開始，有人讓，我也就坐了。有時候，也有年輕人不肯讓位，別人看不過去罵他們的話，我就說：「沒關係，他們是老了的年輕人。我是年輕的老人。」

對於死亡，我沒有任何恐懼的心理。

我相信物質不滅。精神和肉體同時存在。死亡，只是我們肉眼所能看到的肉體的消滅與結束。精神則還是存在，不過會另變一個模樣。也許變成一隻鳥，一隻蝴蝶，一朵花，也許成爲菩薩，也許成爲正相反的另一種存在。怎麼變，變大變小，不是我們能作主的，上天自然有所安排。

變了模樣之後，別人不認識我們，但我們仍然存在。所以我把死亡看作是一個要變換面目的時刻，很樂意接受這個時刻的來臨，而不會畏懼。

□

很想去東北。

過去有三次機會回東北，但都錯過。

很多人回去過，都說變了，不要去了。以前的山有很多森林，現在都光禿禿的，找不回以前的模樣。這又要談到日本人。日本人以前就把林木採伐一空，然後在松花江上順流漂下。

可是，不論東北到底如何，我還是想再回去看看。

2000年，池老師來台灣，和我們幾個同學留下的一張照片。
（後排左至右）于儼嘉、王嬌瑛、宋慶蘭、楊小玲、崔同德。
（前排）郝明義、曹麗華、池老師。

你看過《我的野蠻女友》嗎？

電影裡，男主角第一次去女主角家裡見她父親，那個愛喝酒的老爸給了男主角一杯酒。然後男主角側身，別過臉喝了那杯酒。

這個規矩的背後，有些故事。

□

傳說中，天神桓因爲了讓朝鮮半島成爲肥沃之地，派了兒子桓雄下凡。這時一隻熊和虎來求見，請桓雄將牠們轉化爲人。桓雄給了牠們試煉。虎，沒能忍受得了，半途而廢；熊，則成功地轉化爲人，並且是美麗的女人。

桓雄給她取名「熊女」，娶之爲妻，生一子，是爲朝鮮民族的祖先：檀君。檀君以今天平壤附近爲活動據點，相當於中國傳說中的帝堯時代，或者說四千四百多年以前。

由於地緣的關係，朝鮮民族很早就受中國文化之影響。

比日本晚得多，韓國要到一四四三年，中國明朝英宗的年代，朝鮮王朝第四代君主世宗大王，才造出了「訓民正音」二十八個韓國文字。「訓民正音」的前言，是這麼寫的：「國之語音，異乎中國，與文字不相流通。故愚民有所欲言而終不得伸其情者，多矣。予爲此憫然。新制二十八字，欲使人人易習，便於日用矣。」

然而，韓國雖然從朝鮮王朝開始終於有了自己的文字，但也正從這個時期，韓國所受中國的影響更加深遠。最重要的理由，在於李朝建國之初，就揭櫫了三大立國原則：一、崇儒教（之前，爲佛教）；二、親中國；三、以農爲本。其中，崇儒教這一點尤其重要。

由於儒教的影響，韓國建立了科舉制度，以及隨之而來的社會階級。自朝鮮王朝開始，由科舉入仕的人，統稱「兩班」。但後來，逐漸只有兩班的後代才能參加科舉，而兩班的子女也都跟隨著統稱爲兩班。換句話說，讀書及參加科舉，成了世襲的權利。

「兩班」，是儒家思想與制度在韓國的代表。他們都是從小就勤讀苦學，並且無法從事生產性的工作。務農、從商、從工，都不可。唯有通過科舉，才能騰達；沒有入仕的，生活也很艱苦。但不論是顯赫還是沒落的兩班，都必須徹底遵行儒教禮節，行爲不能踰矩。

兩班的走路步伐有一定規律，不能太快。不能大聲說話。飢寒，不能形於色。任何狀況，衣冠必須齊整。有種說法是：兩班掉到水裡，即使淹死，也不能亂喊亂游。

兩班之下的社會階級，是「中人」。中人可以作些小官，或是從事數學、天文等技術性工作。中人之下，是「商人」，作些買賣、手工業。商人之下，是「賤民」，包括常奴、藝人、巫人等。

尊卑有分、男女有別、長幼有序的社會階級與秩序，直到今天，仍然以各種或隱或顯的面貌出現在韓國。年齡、年級、入伍日期、入社日期的些微差距，都會造成終生的長幼之分，或是「前輩」、「後輩」之分。長幼與前後輩之間，行爲和言語都要有一定的規矩。譬如，當長者或前輩的，可以說「半話」，當晚輩的對他們，則只能說「敬語」。譬如，當晚輩的不但在同行時不能走在長者或前輩的前面；也不能打他們面前經過，必須繞過他們背後走。譬如，餐飲是當父親或先生的先用，然後，當母親或子女的再用。而晚輩與所謂的長輩或前輩同席，連喝酒都要偏過頭以表敬意。《我的野蠻女友》的男主角那樣喝酒，就是這個道理。

□

韓國與中國文化結合之深，究竟到何種地步，可以看一段歷史故事。

一七八〇年，爲了祝賀清朝乾隆皇帝的七十大壽，朝鮮文學家朴趾源（一七三七至一八〇五年）跟隨使節團來到中國。回到朝鮮後，他記錄了從鴨綠江經遼寧到北京到熱河，歷經三十餘站，兩千多里路的行程，是爲《熱河日記》。全書用通暢優美的漢字寫成，以日記、隨筆、政論等多種體裁，按照時間順序記錄了與各界人士的交流，描繪了當時中國社會、生活各個層面的風貌。

成書於一七八四年的《熱河日記》，本文是這樣開始的：

「後三庚子，我　聖上四年，清乾隆四十五年，六月二十四日，辛未，朝小雨，終日乍灑乍止，午後渡鴨綠江……」

但是本文之前有個前言，前言的一開頭，卻先解釋爲什麼在「我　聖上四年，清乾隆四十五年」之前要先加一個「後三庚子」。朴趾源是這麼說的：「曷三庚子？崇禎紀元後三周庚子也。」接著他解釋：「明室亡于今百三十餘年，曷至今稱之？清人入主中國，而先王之制度變而爲胡。環東土數千里，畫江而爲國，獨守先王之制度，是明室猶存於鴨水以東也。雖力不足以攘除戎狄，肅清中原以光復先王之舊，然皆能尊崇禎以存中國也。」然後，在前言的結尾處，他又毫不避諱，甚至驕傲地題上了：「崇禎百五十六年，癸卯，洌上外史題」。

從明清之戰開始就一直站在明朝這邊的朝鮮，明亡之後根本就以正統中國文化的繼承者自居，因此雖然感嘆自己「力不足以攘除戎狄，肅清中原以光復先王之舊」，但是「環東土數千里，畫江而爲國，獨守先王之制度，是明室猶存於鴨水以東也」。

這樣的背景，再對照《揚州十日記》裡一段文字來看，更有些意思了。清人入關後，因爲各地抗清力量不斷，爲了鎭壓加威嚇，就在擊破揚州之後，放任官兵燒殺擄掠十天之後再封刀。浩劫餘生的楊秀楚寫了《揚州十日記》，爲當時的人間地獄，留下了最眞實的紀錄。

《揚州十日記》裡，記得最多的，除了清兵濫殺、亂搶之外，就是對婦女的姦淫。其中，雖然「落井投河，閉門焚縊」的婦女不計其數，但是也有這樣一個場面：「一卒拘數美婦，揀拾箱籠，彩緞如山。……一中年婦人製衣。婦本郡人，濃抹艷妝，鮮衣華飾，指揮言笑，欣然有得色。每遇好物，即向卒乞取，曲盡媚態，不以爲恥。」

而這清兵雖「擁諸婦女飲酒食肉，無所不爲」，但竟也感嘆起來，講了句：「我輩征高麗，擄婦女數萬人，無一失節者，何堂堂中國無恥至此。」

從這些歷史故事，可以看出過去韓國如何把儒家文化內化的。而這麼看，二次大戰結束之後，韓國之所以選擇太極八卦的符號爲自己的國旗，以及至今八佾舞仍然是韓國文化慶典中的一個重要節目，也就毫不足爲奇了。

□

然而我在韓國居住、成長的那個時候，並沒有認知到這些。

當然，我們還是會看到一些現象。

譬如那些長幼有別的生活、語言習慣。譬如可以看到上了年紀的人指責街上素昧平生的高中生，說他們行爲不檢，叼著香菸太難看。而高中生也只能羞慚地熄掉香煙，匆匆而去。譬如夜間過了十點以後，路上如果還有女人行走，經常有男人理直氣壯地罵兩聲：「女人家這麼晚了還在外面晃盪什麼？」女人也就悶不吭聲。又譬如我們不時在街上被哪個老先生聽出是中國人而攔下，他問一兩個深奧的中文字句，看我們答不出來就笑呵呵而去。

我們也十分佩服韓國人許多熱血之舉。一九三六年柏林奧運，孫基楨雖然代表日本出賽馬拉松，但是他在抵達終點成爲金牌得主時，卻撕去身上的日本國旗標誌，露出裡面的朝鮮國旗。他不但是韓國人的民族英雄，也贏得中國人的尊敬。更別提那位刺殺伊藤博文，曾以〈哈爾濱歌〉留下「丈夫處世兮，蓄志當奇……北風其冷兮，我血即熱……」名句的安重根了。

但我們也看到許多韓國人的負面。其中最嚴重的，就是韓國人的奢侈與虛榮。

有人說：中國人好面子。那可能是沒有和韓國人作比較的講法。以韓國人的消費習慣來說，錢，總是喜歡花在別人看得到的地方。根據這個哲學，衣、住、行、食，是他們依次講究的順序。換句話說，他們最先追求的，是衣飾之體面與豪華。在韓國，衣著往往就代表一個人的身分與階級。因此，韓國人特別驚訝中國人可以腰纏萬貫，卻衣著邋遢的本事。

基於這種外露的社會價值觀，社會上的貧富意識、階級意識特別濃，所以大家都在追求「出世」（相當於「出頭天」的意思）。一旦「出世」，也就是發財或是發達了的人，走路的姿勢和講話的聲調馬上大不相同，端起架子。也由於他們太過重視門面、排場，所以大家就喜歡比。而流行、品牌、進口貨之受重視的程度，更遠非台灣的人所能想像。雖然每個社會都不免有人要比比學歷、資歷、開的車子、買的房子、穿著的品牌，但是對照起來，韓國人在這方面的程度又太過重了一些。

我個人對韓國人重視門面，有兩次深刻的印象。

一九八一年，我剛結婚，和妻子回釜山省親。在前街一家小小的咖啡廳裡，和一些過去就認識的女服務生打招呼，介紹我的妻子。她們開始以爲我在開玩笑，我說是眞的，然後抬抬我妻子手上的金戒指給她們看。

其中一位笑起來了：「我就說你在開玩笑，如果是結婚的話，連一顆鑽戒也沒有啊！」

我很小的時候，一九六〇年代，就從週邊知道韓國人非常愛鑽石，因而華僑社會裡鑽石走私的新聞一直不斷。但是這種情況到底有多麼嚴重，卻是在那天才第一次親身體會。

還有一次經驗，則是一九九七年。當時我是臺灣商務印書館的總經理。有一天，樓下門市同仁說，有一個韓國出版界的觀光團，臨時來參觀，想要見一下「社長」。那是一家出版社同仁旅遊，十來個人，他們沒想到我會講韓文，甚感意外，大家就多聊了一陣。臨走的時候，其中一位女性留在最後，特別跟我講了這麼一段話：「請原諒我說話失禮，可是您這裡有四層樓的房子，社長卻只用一個這麼小的辦公室，我眞的沒法想像。」

過去我就聽說韓國的企業，不論大小，老闆的房間總要佔很大的一塊。所以那天他們看我十坪左右的辦公室會那麼吃驚，雖然沒有讓我太過訝異，但也印象深刻。

近年來，韓國的美容整形業蔚爲大觀，我總覺得是在延續他們重視門面的心理脈絡。

奢侈與虛榮，這樣形成一體兩面，相互火上加油。在我們那個年代，華僑總說這是一種「韓國習氣」。

□

我也如此習焉不察地相信了很久。直到重新認識池老師，以及由她身上再開始重新思考歷史與文化的形成。

從池老師的身上，我知道韓國文化不是那個樣子的。從某個角度，也可以換句話說：今天的韓國文化，和過去的傳統是大不相同的。

二〇〇〇年四月那個下午，池老師給我的解釋是，這和日本人佔據三十年，把價值觀扭曲有關。她說：「奢侈、虛榮，都是暴發户才有的心態。日據時代，大家本來都很貧窮，因此日本人就扶持一些親日派崛起，透過這些親日派擁有財富的示範，來籠絡人心，進一步扭曲大家的社會價值觀。」

後來，經過一些思考與整理，我想再加上一點我自己的看法。

□

牢固的社會階級及秩序，結合了以農爲主的經濟體系，從十四世紀開始，給朝鮮王朝帶來了數百年的平穩歲月。其間雖然屢受日本侵襲，但並不成大患。

日本明治維新，並打贏日俄戰爭之後，亞洲政治勢力的版圖重劃，日本乾脆正式併吞朝鮮半島，朝鮮王朝滅亡。如果我們聯想起他們曾經以保存連中國都失去的一些文化而感到自傲，對朝鮮民族遭逢劇變之慘痛，感受奇恥大辱之重，就可以有所體會。

二戰之後，韓國獨立，但不久韓戰爆發，朝鮮半島被戰火蹂躪，最後北緯三八度線造成南北長期分裂。韓國不但要從戰爭的廢墟中重新站起，更要面對朝鮮半島仍舊在列強操縱之下的命運。這就是一九五〇年代之後，韓國的現實。

在這種現實中，一個熱血的民族會急於奮發圖強，告別過去，是很自然的。他們會開始懷疑以農爲生的經濟體系加上儒家系統的社會階級及秩序，是自己長期喪失活力，無力面對近世劇變的關鍵性因素，也是很自然的。

因此，我們看到接下來韓國社會的發展，一直以各種「霹靂手段」在進行。

朴正熙、全斗煥，軍人以執著的信念發動政變而成爲政治強人；金泳三、金大中，反對人物以七顛八起的精神不斷抗爭。夾雜其中的各種政治綁架與暗殺、政府與學生的衝突、地域主義的對抗，是政治上的各種霹靂手段。

清除漢字書寫，是文化上的霹靂手段。

相信「體力就是國力」，大力發展體育，是建立自信與形象的霹靂手段。相對於台灣數十年來連一面奧運金牌也求之不得，韓國不但是摘取奧運金牌的強國，更在一九八八年就主辦了奧運。到二〇〇二年主辦世界盃足球賽，儘管爭議不斷，但他們硬是以霹靂手段拿下了亞洲人史無前例的第四名。

□

當然，爲了急於擺脫貧窮與落後，急於奮發圖強，韓國在經濟活動上也採取了各種霹靂手段。而我認爲，起碼在戰後幾十年中，韓國社會價値觀的扭曲，和這些經濟上的霹靂手段大有關聯。

韓國急於壯大自己的經濟，一直採取讓一部份人先富起來的策略。結果造成兩個影響。

一個是過份拉大城鄉差距。首都漢城在其中所產生效應之嚴重，二〇〇四年二月《新聞周刊》（*Newsweek*）報導連韓國政府一位發言人都說：「地方的匱乏感日甚，已經危及國家的團結。」

另一個則是過份拉大企業之間的規模。不像台灣一路發展中小企業經濟，講究「均富」，韓國一直支持大企業集團發展的路線。而既然牽涉到「大集團」與政府的「支持」，韓國的經濟發展，就逃不出政經勾結的窠臼。結果，一個個招牌亮麗的鉅型企業集團，雖然在政府的刻意扶持下得以茁壯，但是也成了韓國人所謂的「財閥」，隨著政權的更替而經常有許多黑幕曝光，在社會上造成相當負面的形象。三星集團，已經是韓國各個「財閥」中形象最爲正面的一個。但是在《三星秘笈》一書中，作者有這樣一段話，可供參考韓國企業的社會形象：

「別說是三星，要找出任何一本專以某一個企業爲對象的專書，都相當困難。國內的管理學者，研究整體產業、某個管理主題，或特定產業的都很多，但專門處理個別企業的情形卻好像不多。或許因爲是國人對企業的負面印象太強，讓學者擔心會被誤以爲是美化特定企業，而不願意研究吧。」

池老師說，日本人以扶持親日派的致富做爲示範，來籠絡人心，扭曲了韓國人的社會價值觀。由我來補充一點的話，我會說，韓戰之後，韓國政府急於擺脫貧窮，想要透過支持一些大財團的崛起來振興韓國經濟，結果也在無意中透過這些新財富擁有者的暴發戶心態，進一步扭曲了社會的價值觀。他們的用心、立意都沒有錯，但是用力過猛了一些。

□

我曾經很苦惱於「文化」的定義。有些行業，被稱之爲「文化事業」。有些人，被稱之爲「文化人」。「文化」，似乎被界定了特別的作用與意義。我不覺其然，但又說不清楚自己的困惑，只得不斷思考自己的定義。

後來找到一個答案。

文化，就是一個特定時空之下的社會共識與價值觀。足以提升這種共識與價值觀的工作，都是文化工作。與行業無關，與人的身分無關。

□

從池老師，再對照我所認識的韓國文化，讓我特別體會到文化中共識與價值觀的演變過程，是多麼微細。稍稍用力大一些，小一些，其影響又多麼深遠。

今天韓國文化裡一些浮面的例子，其根源的面貌應該大不相同。

著重形式與排場，其根源其實在於對「禮」的重視。

階級觀念濃烈，其根源應在於重視倫理。

愛好玩樂，其根源在於以農立國，重視四季節氣的作息。

激烈的地域主義，其根源在於對鄉土的熱愛，對自我存在的重視。

行事激進而衝動，其根源在於勇於承擔。

得意而易於忘形，其根源在於進取之心強烈。

根源再美好的社會共識與價值觀，一旦這個環節那個環節的成份力量重了一點點，就變質出這麼多糟滓。

文化也者，就是這麼微細。

□

近幾十年來，韓國人一直急於證明自己，而採取種種決心與行動，但他們不知道的是，他們從來不欠缺決心與行動，他們缺的只是對時間的耐心。

因爲沒有這種對時間的耐心，所以他們剛在一九九七年加入以已開發國家爲會員的ＯＥＣＤ組織，卻在次年就成了亞洲金融風暴的犧牲者，被國際貨幣基金（IMF）介入，形成所謂第二次國恥。

因爲沒有這種對時間的耐心，所以他們剛在前兩年以手機、影視、美容整形等新興產業而令人刮目相看，並擺脫亞洲金融風暴的困境而自豪，眼下又面臨了因濫發信用卡造成新的金融危機，進而影響整體經濟的難題。

他們總在奮力一躍，而又總在奮力一躍之後發現新的踏空。

二○○四年台北國際書展上，我聽一位韓國出版界的朋友告訴我，韓國從亞洲金融風暴之後，不但舉國強調發展經濟的重要，更重視從小培養孩子的經濟與理財頭腦，因此近兩年最暢銷的新書類型是，教中學生年紀的孩子如何掌握經濟與理財。

我很擔心這又是一個新的奮力一躍。

□

於是我又想起池老師。

想起她在安養的住宅裡那一種很特別的寂靜，暖暖的冬陽把漢城的嘈雜隔在另一個世界的寂靜。想起我那個朋友悄聲說「現在已經沒有這種韓國人了」的口氣。

我也重新找出她曾經爲紀念父親池青天，以及韓國抗日運動的人士而寫的一本書，翻出她在前言中所說的一段話：「每當我去上墳的時候，總是聽到一種呼喊的聲音。從泥封土掩的墳墓，從寥寥刻著姓名三字的碑石，還是從周圍的林木、草叢中，不可能出現那種聲音的。然而，我卻總是聽到那種巨大的呼喊聲。是誰？是哪些人？他們到底是爲了什麼要如此放聲大喊？我好想知道是怎麼回事，好想發現是怎麼回事。」

她所熱愛的民族，她所奉獻心力而重建的國家，如此在歷史中流變著，她看在眼裡又是什麼感受呢？她曾經說，她會在華僑中學待了那麼久，「多少也是因爲我對韓國社會起了點不滿的心理」，那現在呢？

我想問她，但也一直不敢問她，不忍問她。

可是就在寫到這本書的這個段落的時候，我想我已經知道了她的回答。

我想起她說的另一段話：

「每個時代，清醒的人多，那個社會就能振作起來；清醒的人少，那個社會就會走入滅亡。我們不能要求每個人都清醒，但最起碼應該要求自己清醒。

「韓國社會，幾十年來，清醒的人也越來越少。……因爲做一個清醒的人很辛苦，第一要經得起窮困的考驗，第二要經得起寂寞的考驗。

「要改善這些，不是一天兩天的事。最好的方法，或是捷徑，反而是最花時間的事：道道地地，眞正地做好教育。」

文化的調整，還是要回到教育。教育是條最遠的路，但也是最近的路。看它最遠，還是最近，只是因爲看待時間的角度不同。而我如果要提醒別人對時間多一些耐心，那麼自己就必須先要如此。

池老師不會反對我這麼說的。

□ 當然，從韓國文化，我也聯想到台灣社會的文化。和韓國相對照，我們的情況可以說是這樣的：

不拘形式與排場，但是對於「禮」的觀念與分寸也日益淡薄。沒有階級觀念，但是對於倫理也比較漠視。

節儉而勤勉，但是疏忽生活裡應有的調節與享受。

省籍情結遠不如韓國嚴重，但是比韓國容易成爲政治人物操弄的主題。

行事著重圓融與周全，但是逐漸淡忘有所爲與有所不爲的堅持。

步步爲營，絕不冒進，但是容易坐井觀天，缺乏遠大的企圖心。

□ 由於不像韓國社會那麼受一些禮數與社會階級觀念的約束，台灣是一個非常開放的社會。

大學時代，我有一位曾經同寢室的學長。失聯多年後，我在時報出版公司總經理任內，他在美國看到我的消息，給我寫了一封信。裡面大約有這麼一番話：知道我有這麼好的發展，他一方面爲我感到高興，一方面覺得台灣社會眞有希望。因爲台灣可以接受一個身體殘障，沒有任何人事和關係背景的人自己努力出來的成績。他說，台灣眞是一個可以容納的社會。

我同意他的話。開放，是台灣文化最好的一面。

和韓國相比，台灣文化差的，則是那股勇往直前的決心與自我期許。韓國的企業，儘管在亞洲金融風暴後千瘡百孔，但是許多仍然以「第一主義」自許，決心成爲世界第一品牌，因而最後造就出三星電子這種獨力掙脫枷鎖，近乎神話的奇蹟。而台灣的企業，步步爲營，審事度勢，相對而言不會大起大落，但也就甘於奉行「老二主義」。

而台灣文化裡缺乏自我期許最嚴重的一個代表，就是體育。當年在釜山的時候，聽了很多當年純德女籃如何橫掃韓國的威風，其後又如何爲韓國所超越的故事。因此到中學階段，亞東五虎代表台灣新興女籃力量來韓國的時候，我們都近乎瘋狂地鼓掌加油。亞東五虎上半場打得很好，但下半場氣力放盡，被韓國隊予取予求。賽後大家說沒關係，學到教訓，補強體力，明年再來。然後我們又看到亞東五虎或中華隊和韓國遭遇了幾次。可是歷史總是重演，她們總是輸在下半場。之後，我來了台灣，國泰女籃取代亞東成爲女籃霸主。國泰遠征中南美、東南亞，創下多少多少場連勝紀錄，曾經讓我以爲這次大不相同。不過，後來以國泰爲主體的中華女籃碰上韓國隊，仍然是手下敗將。這樣的戲碼，一路從一九七〇年代上演到二〇〇四年的雅典奥運亞洲區女籃參賽權之戰。

台灣把步步爲營、絕不冒進的文化運用在運動競賽上，把體育變成一場數學題目了。參加任何競賽，我們常常聽到「坐三望二搶一」這種說法。搶一，變成了坐三望二之後的第三順序目標。搶一，也變成了只有坐三望二之後才能設定的目標。因爲相信實力可以用數字來代表，所以去年參賽成績第八名，今年是第七名也就自感安慰，甚至成爲可以獎勵的事情了。

韓國人可從來不這麼以爲。

二〇〇二年世界盃足球在韓國舉行，正是一次最好的說明。儘管事前他們只以取得從沒有過的一勝為目標；儘管打入十六強之後，韓國有些網友表示以他們與歐洲足球文化相比，停留在這個名次是最適當的結果，但是他們卻偏偏舉國瘋狂，一路擊敗義大利、西班牙，挺進四強。然後韓國去日本的機票都客滿了，因為大家都相信最後是韓國要和巴西爭冠亞軍。

韓國連世界盃足球決賽都有這種自我期許，更別提在亞洲，在其他運動項目上要和別人週旋的決心。這種決心，看在台灣的人的眼裡，總覺得不可思議，也總覺得有些爭議。

二〇〇二年世界盃四強賽中，韓國輸給德國，只能跌入三、四名之戰的那一役，第二天報紙上有一幅照片很有趣。

那是一幅橫的照片，拍的是在某個百貨公司廣場上觀戰的觀眾表情。照片左邊，是一群韓國觀眾，男男女女，顯然是德國剛進了球，大家臉上的神情均十分失落。照片右邊，是一群台灣觀眾，顯然是為德國進球而興高采烈，其中一個人尤其瘋狂鼓掌，斜著腦袋，興奮得一張臉都笑歪了。而照片的焦點，是一個韓國男孩子側身，一臉不解地看著那個狂笑的台灣人。

那個陽光明媚怡人的午後，緩緩地講著話的老太太。

尾聲

時間的禮物

마지막 이야기

直到二〇〇三年十月之前，有人問起我成長過程裡受益最大的是什麼，我都會回答是兩個因素。

第一個因素，是我遇到的老師。

我遇到好老師的幸運，要到自己也有小孩之後，才有深刻的體會。

在我大兒子上小學的時候，我深爲他不像我那麼喜歡數學而苦惱，就要他參加老師的家教補習。

有一天下午太累，我提早回家休息。睡夢中，被客廳一陣騷動吵醒。朦朦朧朧地聽了一會兒，才意識到是老師帶著一些同學一起到我家客廳來上課了。

聽來上的是數學課，但是老師卻以背國文的方式，叫學生回答一個個題目。在老師威嚴的口氣下，我聽出自己的孩子也夾在其中，悶聲答了一題。

他們散去後，我問兒子是怎麼回事。

他告訴我因爲最近督學查得緊，所以老師說不能去她家裡補習，只能輪流到各個同學家裡補習，這樣有人問起來的時候，起碼可以理直氣壯地回答：沒有到老師「家裡」補習。

由於我在房間裡聽了他們上課的情形，先不說我根本就想不通數學課爲什麼要用背國文的方式來教，一想到老師要夥同這麼小的學生來玩這種不誠實的遊戲，就一陣心冷。

我跟孩子說不補了，之後，他功課不論如何，都沒再要他找老師補習。

法。

□

大家都說我們進入了網路時代。大家都在高談知識經濟裡各種教育的方法。

時代與環境在千變萬化，老師可以扮演的角色、利用的教材、教導的知識也跟著千變萬化。跟著變化而變化，我們要學的東西，只怕小學從三歲開始，一天有二十七個小時，也是應付不來的。

過去，我們說，老師的使命是「傳道、授業、解惑」。隨著網路上的革命，老師的這三個使命也必將有重大的變化。屬於教科書範圍的授業和解惑，將大幅爲網路所取代。

老師主要的使命，將在「傳道」。一方面是基本求知方法的「道」，一方面是做人基本道理的「道」——身教重於言教的人格之「道」。

回想我的老師對我的啓發，其實只有三樣東西。

一是面對環境與自我的勇氣。

一是思考與表達自己的邏輯。

一是願意閱讀，自己尋找知識的能力。

在韓國華僑社會那個貧瘠的環境裡，老師能利用的教材、工具，都很簡陋。如果說知識像一片海洋，我在釜山華僑小學和中學所得到的漁獲，能不能和一個小池塘相比都大成問題。

可是我感激老師的是，他們所給我的，不是讓我得到多少漁獲，而是最基本的捕魚技巧，以及面對大海的勇氣。

他們教我的是，生存的基本要件。

□

我經常提到受益良多的第二個因素，是朋友。

朋友讓我有了開朗而毫不自卑的個性。甚至有一些過頭的地方。

我可以講講生平第一次聽別人當面叫我「瘸腿」的經過。

那是我大二放暑假，回釜山時候的事。有一天我和幾個朋友約了在德克薩斯胡同喝酒。我去錯了酒吧，叫了幾聲沒看到人，正要出去，裡座兩位也是華僑中學畢業的學長要我過去一下。其中一位學長一本正經地拉下臉跟我說：「郝明義，你知不知道，你是個瘸腿，怎麼到處看你這麼囂張？我在台灣西門町就看過你喳呼喳呼的，怎麼連來個酒吧也這麼囂張？你不知道你叫人很不順眼嗎？」

那天我沒有生氣，也沒有覺得難過。想到自己的形象與氣焰，囂張到如此令人生厭，能讓那位學長氣成那個樣子，一方面覺得有趣，一方面也好奇自己怎麼會「正常」得如此過頭。

至於朋友在我成長過程中所給的一些實質性的幫助，就不在話下了。

□

到二〇〇三年十月之前，我從沒談過第三個因素。

□

由於我自己成長背景與個性使然，很長一段時間，我不願意承認自己是個「殘障」，也不願意和「殘障者」之類的稱呼扯上關係。

主要有兩個原因。

第一個原因，就是我從根本上不同意「殘障」的說法。我的基本想法是：人，各有不便。下肢不便而要拄拐杖的人，和視力不好要戴眼鏡的人，並沒有不同。或者，換個比方，在籃球場上，和喬登比起來，太多人就算不拄拐杖，仍然不啻「殘障」。「殘障」應該是個相對，而不是絕對的概念。

第二個原因，來自於一次接受採訪的經驗。我和記者再三說明自己的觀念，但是出來的文章，我還是成了一個「奮發向上，不爲肢體限制所困」等等的「殘障有爲青年」。我實在不覺得自己有多奮發——我在工作上有什麼成果，固然有努力在內，也有運氣在內，和「殘障有爲」並沒有什麼必然的關係。

我相信對於「殘障」最好的對待，就是不對待——沒有歧視，也不須保障。「殘障」在社會裡的出人頭地或遭受淘汰，都是自然現象的一部份，不須特別看待。我以不談「殘障」，不和「殘障者」的活動扯上關係，來當作某種行動與聲明。

□

前兩年，我上了劉銘和李燕主持的一個廣播節目。下了節目後，也就向這兩位不良於行的主持人請教了一下現在「殘障」者的就業狀況。本來我以爲台灣今天的法令和社會環境而言，「殘障」者的就業狀況，應該大有改善，卻發現不然。「殘障」者的主要就業還是四個行業：按摩，算命，修鐘錶，刻印章。雖然根據法令，公私機構在一定規模以上不聘用「殘障」者就得罰款，但大家寧願罰款。

和他們的談話，讓我很意外。也讓我頭一次覺察到自己的主張與行動可能陳義過高，太不現實了。

於是我決定貢獻一點心力，每個月用一天晚上，去廣青文教基金會當義工，和一些朋友聊天——聊讀書心得，聊大家生活裡碰到的事情。

這樣持續了將近兩年的時間。

□

當義工的過程裡，我頭一次接觸了許多身障朋友。他們碰到的問題，許多我意想得到，但還有一些，完全意外。

有一次，我們談到宗教信仰。因爲我自己從佛法受益甚多，覺得像《金剛經》裡「應無所住而生其心」的道理，對身障朋友面對人生應該很有幫助，因此就大力推薦起來。

在座的人臉色都有點奇怪。了解之下，我才發現那天到場的身障朋友不但對佛教甚爲排斥，甚至可以說敵意很深。

我大惑不解。後來才明白，許多身障朋友從小就從週遭及家人口中得知佛教裡有「因果報應」的說法。所以，他們的「殘障」都是「前世造了業」。而他們經常因爲這些所謂的「業」而被視爲某種「罪人」。

有些身障朋友在家裡甚至是次等公民，有外人來家裡的時候，父母會要他們趕快躲進屋裡，以免丟人。

□

二〇〇三年十月，我出版了一本李燕寫的書《城市睡美人》，是關於各種身障朋友的主題，因此除了辦一場有趣的化裝舞會之外，我還去找一位懂得政府身心障礙者就業法令的人士，請教他還有些什麼可以做的事情。

我們談了兩個小時要分手的時候，他問了我一個問題：「你眞的從沒有因爲自己是殘障而自卑過嗎？」

我說沒有。

「你周遭眞的都沒有人欺負過你？」

我說沒有。

「那你運氣太好了。」他帶著一點奇特的語氣說道。

□

是的，我運氣太好了。我也一向這麼說。

□

第二天，十月三日，我爲了在做的一本和教育相關的書，去找漢聲的吳美雲，請教她一些意見。我們交換了一些對兒童教育的觀點。以及教材、方法，還有老師對孩子的「愛」等等。

不經意地，我問了一個問題：「『愛』的作用是什麼呢？」

吳美雲講話本來就急，一下子聲音更大了起來：「『愛』？孩子感受到你的愛，才會覺得安全，才會放心地跨出步子，跌倒了也不怕受傷，或者被責罵啊！」

我坐在她對面。驀然，一些疑惑了許久的問題，一些我自己根本沒有意識到需要解答的問題，都找到了答案。

□

來台灣，是我人生最美好的決定之一。

對我而言，台灣是個應許之地，但是回想起來，也曾經有更大的可能成爲一個破滅的虛幻。所以在寫這本書的時候，回顧過去，不由得連自己也不明白當初爲什麼會有那麼強烈的決心一定要來台灣。

當時有很多人給過我忠告，提醒我以一個小兒痲痺的患者，單身一人到台灣之後在生活上，以及未來發展上可能的不便。少年的熱情，卻讓我把這些忠告和提醒置諸腦後。

但是來了台灣之後，馬上面臨了一個活生生的障礙——上廁所的障礙。那個年代，坐式馬桶還不普遍，台大學生宿舍裡就是蹲廁。在韓國都是回家方便的我，一下子傻眼。我住進宿舍後，有四天不敢吃什麼東西，想逃避上廁所的一刻。後來雖然再度幸運地有了解決之道，但是多年後回想起這一點的時候，實在覺得驚險。

是啊，爲什麼有那麼強烈的決心，一定要大老遠跑來台灣？有那麼強烈的信心，即使人生地不熟，還是一定可以來台灣？

有一陣子，我把自己擁有一份「激越之情」當作了答案。

釜山和台北，之間不只隔著距離，還隔著大海；華僑社會和台北的社會，之間不只存在著文化的不同，還有大小的懸殊。多一點理性的思考，穩當的想法，我就要留在原地，不必前來了。要飛越那麼遙遠的距離，我只能像一根沖天炮似地猛然拔起。不是囂張到令人難以忍受，也許就沒有那麼大的動能讓我脫離那裡。

之前，我頂多能解釋到這裡。

□

十月三日那個現場，我發現自己忘了什麼。

忘了自己的父母，忘了他們的愛的作用。

□

是他們的愛，使我不必在家裡躲避別人的眼光；是他們的愛，讓我有了正常成長、求學的機會；是他們的愛，讓我在有他們陪伴的時候感到安全，失去他們的時候沒有不安。

因此，我一直相信自己可以放心地和別人交往。

我相信只要我怎麼對待其他的人，他們也會同樣對待我。

也是他們的愛，讓我相信即使離開釜山，飛越大洋，前往一片未知的土地，那裡的人仍然會像我過去所認識的每一個人一樣，熱情而又誠懇地對待我，幫助我。生活細節上的一些不便，一定難不倒我。

我不需要因爲遭到拒絕或失敗而擔憂。

我不需要因爲任何不足而感到匱乏。

我雖然不是那時才體會到他們對我的愛，但是明白他們愛的作用，卻是在那一天。

我才明白，自己所憑仗的，遠不只是那股激越之情而已。遠不只是運氣好而已。

□

過了幾天，我去法蘭克福參加書展。回程經過香港的時候，我在一場面對香港一群中學校長的演講中，除了談我的老師和朋友之外，第一次談了我父母所給我的愛的作用。

「愛」，那麼一個老掉牙，那麼私密的字眼，我第一次在一百多人面前坦然講了出來。

□

又過了兩個月，我讀羅素的《幸福之路》（*The Conquest of Happiness*），發現了這麼一段文字：

「帶著安全感面對人生的人，只要不過頭到適得其反，總比帶著不安全感面對的人幸福得多……這種安全感的起因，主要在於一個人『接受』的愛，而非『付出』的愛，……受父母疼愛的兒童，把父母的愛視爲天經地義。雖然這份愛對他的幸福是如此重要，但他卻不大放在心上。他心裡念著這個世界，念著自己將展開的探索，念著自己成年後將展開的更神奇的探索。但在所有這些興致勃勃的張望背後，是因爲他有一種感覺——感覺父母的愛會保護他不受傷害。」

我佩服的哲學家，給我對父母的回顧下了結論。

□

這麼說來，我是一個很遲鈍的人。尤其在對時間的感受上。

我到年近四十，才喚醒對父母的深刻思念。

我對出版也是。因爲從少年時期開始的排斥，後來雖然迫於現實的壓力而不得不進入這個行業，但是一直就沒眞正喜歡過。雖然我在這個行業裡也有一步步的發展，從特約翻譯做到編輯，後來又一路做到一家大出版公司的總經理，但是努力歸努力，發展歸發展，我總覺得那是一個陰錯陽差踏進來的行業。我努力，只是敬業而已。對出版以外的行業，我總在東張西望。

也是到一九九五年年底，在出版業忙過了足足十六個年頭之後，我在一個冬天的早上醒來，隨手從書架上抽了本《韓非子集釋》讀起來。當時已是個管理者的我，體會到二千三百年前的韓非子把管理講絕了，也體會到一本書穿越時空的威力與魅力，這才爲出版的風華而目眩神移。也終於體悟到，原來出版就是我一路尋尋覓覓，準備終生爲之燃燒的工作。

□

年過四十，生活有很大的轉折。對很多事情的感受，也大不相同。時間，是其中最重要的。

四十歲之前，我相信人生是直線前進的。我對許多事情的反應遲鈍，或許可以歸因於我總喜歡往前看，不願回頭。從好的一面來說，這是樂觀；從另一面來說，對許多事情，我不是視爲理所當然，就是置之不顧。

也因此，我相信人生應該好惡分明、手起刀落。有意無意間，我愛走一條和別人不同的路。受傷倒地，我偏以承受踹踢爲能。

四十之後，越來越覺得時間不是條往前的直線，而是個自我循環的圓圈。只是圓圈的本身在移動。你在前進，你回到過去；你回到過去，你又前進。

於是，你發現，人生非快意所能盡言。

這幾年來，有一個聽來的故事印象很深刻。

有一座教堂，因爲大家去禱告總能得到自己所求，所以名聞遐邇。

有一個年輕人慕名而去，看到善男信女排隊，人人虔誠禱告。

他望著耶穌在十字架上的容貌，不由得同情起祂來。上帝的兒子，爲世人灑了自己的鮮血之後，還要日夜聆聽這麼多祈求，滿足這麼多願望。

於是他動了一個念頭：「耶穌啊，我眞想爲您分憂解勞。但願我能代你釘在十字架上。」

他的念頭是十分眞誠的。於是他聽到一個聲音回答了：「眞的嗎？你眞的這麼想嗎？」

他大吃一驚，發現耶穌正以只有他能看到的微笑在回望。

「是的。」他說。

「那很簡單。不過有一個條件。」耶穌說，「那就是，你在十字架上面，不論碰上什麼情況，不論聽到任何祈求，都絕對不能回答，不能作聲。耶穌是不出聲音的。」

年輕人答應了，突然發現自己已經上了十字架，代替了耶穌的位置。

接下來，他看到那麼多男男女女魚貫而來，祈求這個，祈求那個。有的他同情，有的憐憫；有的覺得無聊，有的感到討厭。開始，他都聚精會神地聽。逐漸地，他覺得很沒意思，甚至，有些人的祈求無厘頭到讓他覺得憤怒，想要好好訓斥一番。

但是，絕對不能回答，不能作聲。他提醒自己忍耐。

後來，他看到一位胖胖的中年人，來到十字架前，提著一個錢袋跪下。他在感謝耶穌照顧自己這次生意成功，賺了很多錢，也希望耶穌繼續保佑。中年人起身離去的時候，他注意到這個生意人竟然忘了拿他的皮袋，於是想要出聲提醒。但想到耶穌不能出聲，就忍下了。

接著來的人，是個水手。水手顯然有什麼急事很缺錢用，祈禱的內容是希望耶穌能幫助他。水手禱告完畢起身的時候，突然發現了前面那個中年人留下的錢袋。他歡呼一聲，感謝耶穌的回應與恩典，就興沖沖地走了。十字架上的年輕人又急了。這個人怎麼可以隨便把別人的東西據爲己有！他想厲聲制止，但是想到耶穌不能出聲，還是忍下了。

後面再來的，是一對年輕男女。他們是新婚夫妻，前來感謝耶穌幫各自找到最適合的伴侶，並且希望耶穌保佑他們蜜月旅行一路平安。

就在他們禱告的時候，突然一陣喧鬧，原來是前面忘了錢袋的中年人回來，搶到十字架前找他遺留的東西。他嚷嚷著新婚夫妻一定看到他的錢袋，佔爲己有，要他們交出來。新婚夫妻一再否認，中年人大怒，找來了警察。新婚夫妻雖然一再解釋，並且求情說他們蜜月旅行的船即將出航，警察還是把他們戴上了手銬，要帶回警局。

天下豈能有如此不公義的事！

十字架上的年輕人再也忍耐不住，大聲制止。他把自己看到的眞實情況說了一遍。接下來，警察趕著在教堂外面不遠的地方逮到了那個水手，把錢袋還給了歡天喜地的中年人，而新婚夫妻也洗刷了冤枉，剛好可以及時趕上港口要出航的愛之船。

十字架上的年輕人覺得心中塊壘略消，鬆了口氣。

這時他看到剛才不見蹤影的耶穌又出現了。耶穌招招手，要他下來。「你沒有資格待在十字架上了。你沒遵守承諾，開口說了話。」耶穌說。

年輕人大惑不解：「可是爲什麼呢？我做的是善事啊。我讓眞相得以澄清，我讓惡人得到懲罰，我讓善人得到釋放啊。」

耶穌說：「可是你知道什麼才是眞相呢？那個賺了錢的中年人，他做的是販賣毒品和人口的營生啊。那個水手，急著找錢是要去幫一個貧窮的小女孩付醫療費啊。那對夫妻，本來即使被冤枉一時，進警察局去蹲蹲，總會證明他們的清白，而不像現在那樣趕上即將遇上風浪，就要在海洋中沉沒的船啊。你是怎樣澄清了善惡呢？」

這個故事，老子也曾經講過：「福兮禍所伏，禍兮福所倚。」《金剛經》也講過：「一切有爲法，如夢幻泡影。」

我們沒有耶穌、老子、釋迦牟尼的智慧。不過，我們可以相信時間。時間，逐漸地，總會爲愚鈍的人，一點點開啓他能力所不及的思慮。

□

池老師的故事說完了，我的故事也結束了。

我準備等這本書出版，在今年春天來臨的時候，送給池老師。

我也要親自帶一本書去我父母的靈前。

我會告訴他們：如果我能以什麼代價，再多換得一點和他們相處的時間，那會有多好。

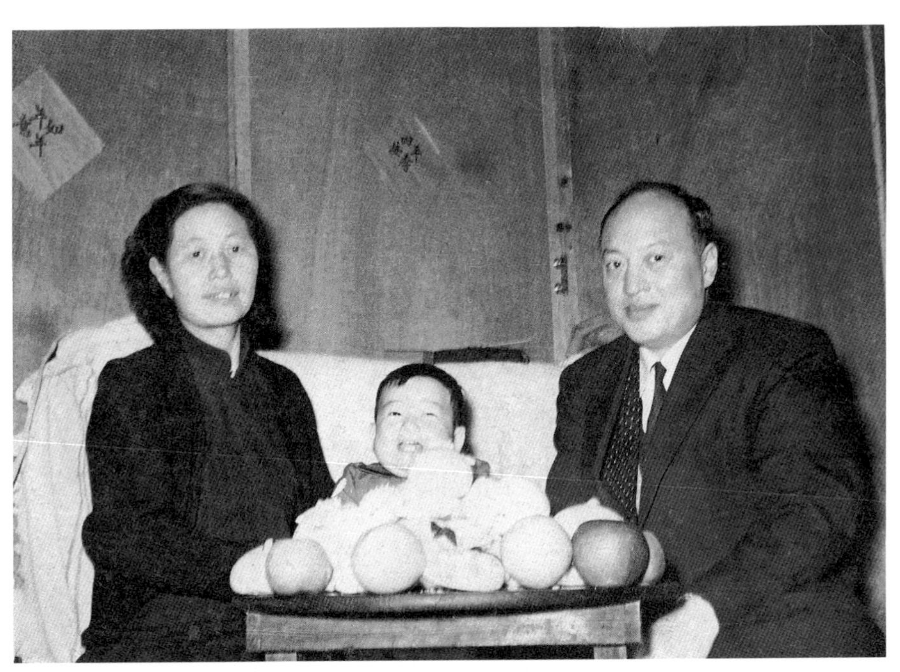

我和爸爸、媽媽。

國家圖書館出版品預行編目資料

故事／郝明義著.-- 初版.
-- 臺北市：大塊文化，2004 [民 93]
面； 公分. -- (Mark；43)

ISBN 986-7600-38-X（平裝）

885 93002585

105　台北市南京東路四段25號11樓

廣告回信
台灣北區郵政管理局登記證
北台字第10227號

大塊文化出版股份有限公司　收

地址：□□□ ＿＿＿＿＿＿市／縣＿＿＿＿＿＿鄉／鎮／市／區

＿＿＿＿＿＿路／街＿＿＿段＿＿＿巷＿＿＿弄＿＿＿號＿＿＿樓

姓名：

請沿虛線撕下後對折裝訂寄回，謝謝！

編號：MA 043　書名：故事

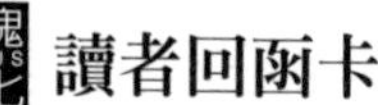

讀者回函卡

謝謝您購買這本書，為了加強對您的服務，請您詳細填寫本卡各欄，寄回大塊出版 (免附回郵) 即可不定期收到本公司最新的出版資訊。

姓名：________________________**身分證字號**：________________________

住址：____

聯絡電話：(O)________________________ (H)________________________

出生日期：______年______月______日　E-mail: ________________________

學歷：1.□高中及高中以下　2.□專科與大學　3.□研究所以上

職業：1.□學生　2.□資訊業　3.□工　4.□商　5.□服務業　6.□軍警公教　7.□自由業及專業　8.□其他________

從何處得知本書：1.□逛書店　2.□報紙廣告　3.□雜誌廣告　4.□新聞報導　5.□親友介紹　6.□公車廣告　7.□廣播節目8.□書訊　9.□廣告信函　10.□其他____________

您購買過我們那些系列的書：

1.□Touch系列　2.□Mark系列　3.□Smile系列　4.□Catch系列
5.□tomorrow系列　6.□幾米系列　7.□from系列　8.□to系列

閱讀嗜好：

1.□財經　2.□企管　3.□心理　4.□勵志　5.□社會人文　6.□自然科學
7.□傳記　8.□音樂藝術　9.□文學　10.□保健　11.□漫畫　12.□其他_____

對我們的建議：____

____

____

LOCUS

LOCUS

LOCUS

LOCUS